천장의 무늬

천장의 무늬

초판 1쇄 발행 2020년 9월 30일
초판 2쇄 발행 2020년 11월 19일

지은이 이다울
펴낸이 권미경
편 집 조혜정
마케팅 심지훈, 강소연, 김재영
디자인 ROOM 501
펴낸곳 ㈜웨일북
출판등록 2015년 10월 12일 제2015-000316호
주소 서울시 서초구 강남대로95길 9-10 웨일빌딩 201호
전화 02-322-7187 **팩스** 02-337-8187
메일 sea@whalebook.co.kr **인스타그램** instagram.com/whalebooks

소중한 원고를 보내주세요.
좋은 저자에게서 좋은 책이 나온다는 믿음으로, 항상 진심을 다해 구하겠습니다.

「이 도서의 국립중앙도서관 출판예정도서목록(CIP)은
서지정보유통지원시스템 홈페이지(http://seoji.nl.go.kr)와
국가자료공동목록시스템(http://www.nl.go.kr/kolisnet)에서 이용하실 수 있습니다.
(CIP제어번호: CIP2020037581)」

천장의 무늬

이다울
지음

이해할 수 없는 통증을 껴안고
—— 누워 있으며 생각한 것들

whale books

———

갑작스레 찾아온 만성 통증과 우울증, 조울증 등의 기분 장애를 관찰해 글로 썼다.

내 통증에 걸맞은 병명을 찾는 것에 지쳤던 때였고 아픈 몸을 향한 훈계에 지쳤던 때였다. 의학적 병명이 없는 아픔은 때로 엄살이라 불렸다. 때로는 게으름이라고도 불렸다. 나 자신이 스스로를 의심하기도 했다. 내가 '정말로' 아픈 것이 맞나?

그러나 통증을 비롯한 나의 증상은 지어낸 것이 아니었다. 명백히 실재하는 것이었다. 이 책은 억울함에서 시작되었다. 나의 몸과 아픔이 납작해지는 것을 구해내려는 시도에서였다. 원인 모를 만성질환이 나의 감정, 연애 관계, 노동, 학업, 취미생활 등의 일상에 어떻게 개입하고 있는지 말하고 싶었다.

글을 쓰는 동안 침대 위에서 긴 시간을 보냈다. 부모님이 신혼 시절부터 사용하던, 퀸 사이즈의 푹 꺼진 침대에서였다. 침대에 등을 대고 누우면 이곳저곳 울퉁불퉁한 천장이 바라다 보인다. 천장 공사가 미흡한 탓에, 그곳에 달라붙은 벽지가 큰 굴곡을 만들어내는 것이다. 천장 벽지에는 희미하게 구불대는 작은 선들이 있고 가끔씩 작게 찢어진 부분이 있다. 나는 매일 그것을 오래 들여다보았다.

천장을 오래 들여다보는 날들이 늘어갈수록 불안의 크기가 커졌다. 아픈 몸이 불행에 관한 상상력을 크게 발동시켰던 것이다. 그래서 더 열심히 적었다. 내 등 뒤에 자리매김한, 이름 모를 끈덕지고 눅눅한 거대 괴물을 퇴치하는 마음이었다.

모두의 아픔이 보다 자세히 말해졌으면 좋겠다. 엄살이라는 말이 우리를 위축시키지 않도록, 적고 말하고 듣는 일이 원활해졌으면 한다.

정확히 똑같은 아픔은 어디에도 없을 것이다. 각자 개별적으로 고유한 아픔을 지니고 있을 것이다. 그리고 각자의 고유성을 내밀하게 털어놓을 때, 우리는 더 깊게 공명하게 되는 보편적인 지점을 찾는다.

병원에서도 각자의 서사를 더 내밀하게 말할 수 있고 또 들을 수 있는 환경이 조성되기를 빈다. 그렇다면 자신의 아픔이 어디에도 말해질 수 없을 거라는 불안에서, 조금은 벗어날 수 있을 거라 믿는다.

나는 여전히 내 통증의 원인이 무엇인지, 혹은 무엇으로 해결할 수 있는지 정확히 알지 못한다. '병명 찾기'와 함께, 아픔을 기록하는 일은 계속될 것 같다. 지루하고도 산만한 날들을 조각조각 이어가면서.

이다울

파손

나의 건강한 신체를 소개하는 몇 가지 경력을 나열하고자 한다. 그 경력은 훌라후프로부터 시작된다. 여덟 살의 어느 날, 아파트 단지의 야시장에서 열린 훌라후프 대회에 출전했다. 훌라후프는 내 몸에 붙어 떨어질 생각이 없었다. 가뿐히 최후의 1인이 되었고 몇 동에 사는 누구냐는 질문에 "어…, 저는 이 아파트 안 사는데요."라는 말로 진행자를 당황시켰으나 결국 농산물 상품권을 받아냈다.

열한 살, 나는 철봉 매달리기의 고수였다. 체육 시간, 아이들은 철봉에 한 줄로 매달려 턱을 걸쳤고 체육 선생은 초시계로 시간을 쟀다. 양 옆의 아이들이 하나둘 떨어지기 시작했을 때 내 몸은 철봉에서 떨어질 생각이 전혀 없었다. 허공에 떠 있는 시간이 그저 지루할 뿐이었다. 잠시 후 운동장에 엉덩이를 붙이고 있던 아이들이 나를 놀려댔다. "남자래요, 남자래요." 나는 그 야유 섞인 목소리에 무안해져 실력을 미처 다 발휘하지도 못하고 땅바닥에 발을 디뎠다. 약간의 허약함이 여성성을 상징한다는 것을 철봉 위에서 배웠다.

열네 살, 씨름의 고수. 내가 진학한 대안 학교에서는 매년 가을이면 씨름 대회를 개최했다. 씨름판에 올라간 나는 비쩍 마른 몸이었다. 최종적으로 내 몸집의 두 배 정도 되는 아이와 붙게 되었고 그 아이를 뒤집고는 모든 씨름판 관객의 함성소리를 들었다. 심판이 내 손을 번쩍 들어 올렸을 때, 나는 레슬링 선수처럼 포효했다.

씨름 대회를 매년 개최하는 나의 기숙학교는 학생들의 체력을 향상시키는 것에 주력했다. 매주 땡볕에서 밭일을 했고 맨발로 눈 쌓인 뒷산을 올랐으며 매년 국토순례를 떠났다. 가장 강도 높은 이벤트는 석 달간의 인도·네팔 여행이었다. 그 여행은 내 역사상 가장 강력한 신체를 필요로 했다. 다른 도시로 이동하기 위해 서른 시간이 넘도록 기차를 타야 했는데, 자리가 모자라 한 좌석당 두 명씩 배정되었다. 열 시간이 넘도록 버스를 타는 것은 곧 익숙해졌다. 버스가 달릴 때마다 창문이 열렸고 시트는 자꾸 자리에서 분리되었으며 흔들리는 버스 천장에 하염없이 머리를 박았다. 버스에는 염소가 종종 동승했다. 나는 히말라야 랑탕 트레킹 코스를 고산병 없이 끝까지 밟은 멤버였고, 모두가 설사를 반복하며 바나나를 주식 삼을 때 석 달간 단 한 번도 설사를 하지 않은 유일한 사람이었다.

건강한 신체를 나열하면 떠오르는 이미지는 아마도 명랑한 모습이 아닐까. 그러나 나는 그다지 명랑하지 않았다. 불안과 분노가 나의 주된 정서였다. 10대 시절, 담임 선생님이 내게 하고 싶은 것이 무엇이냐 물었을 때 나는 네 글자로 답했다. 그것은 '기물 파손'이었다. 선생님은 당황하지 않고 이렇게 말했다. "시간 나면 함께 해보자."

그리고 다른 학생들 몰래 롯데리아 팥빙수를 사주었다.

무엇보다 나는 눈물이 많았다. 내 오열의 역사는 갓난
아기 시절로 거슬러 올라간다. 울어도 너무 우는 나를 병
원에 데려간 엄마는 이 아이가 학원 강사들의 전형적인
직업병, 성대결절이 있다는 진단을 듣고 돌아온다. 나는
갓난아기 시절부터 성인이 된 지금까지 많은 양의 눈물을
흘렸다. 우는 것이 하나의 일과인 것처럼, 소리를 치고 바
닥을 구르고 흐느끼며 눈물을 쏟아냈다. 별 뜻이 담겨 있
지 않은 나의 한글 이름 '다울'은 많은 양의 울음을 뜻했
던 것일까?

만성적인 통증이 찾아온 것은 대학에 진학한 지 2년
째, 그리고 자취를 시작한 지 1년째의 일이었다. 대학에서
신문방송학과 사회학을 공부 중이었으며 초등학생을 대상
으로 글쓰기 교실을 진행했고 오래되고 거대한 전자 상가
에서 인터뷰와 책 편집 일을 맡고 있었다.

겨울이 시작될 무렵, 척추부터 시작해 뒤통수를 지나
얼굴까지 번져오는 통증 때문에 교수들의 목소리가 점점

들리지 않았다. 쉬는 시간, 친구들에게 왈칵 눈물을 쏟으며 말했다. "교수들 말이 안 들려." 나는 대학 공부를 좋아했다. 매 수업 진심을 다해 필기에 힘을 쏟고는 했다. 그런데 점점 학교 책상에 앉아 있는 시간이 고통스러워졌다. 머리와 어깨에 못을 박는 것 같았고 졸음 때문에 엎드린 채 수업을 들었다. 기어오듯 집에 도착해 양치를 할 때면 턱이 벌어지지 않아 이가 잘 닦이지 않았다. 하지만 이 통증을 어떻게 다루어야 하는지 알 수 없었다. 어깨 통증이나 목 통증, 피로감이 없는 현대인은 없다고 누누이 들어왔고 나조차 그렇게 믿었기 때문이다. 그래서 병원은 찾지 않고 틈틈이 학교 휴게실에 누워 쉬거나 얼굴을 잔뜩 찌푸리거나 길을 걷다 벤치가 있으면 그 위에 누웠다. 친구들은 그런 나를 패러디했다. 나는 함께 웃었으나 날이 갈수록 서운한 마음을 감출 수 없었다.

쏟아지는 피로감과 메슥거림 때문에 임신테스터를 몇 번이고 뜯었다. 생리를 두 달이나 세 달에 한 번 했기 때문에 임신에 대한 불안은 연중무휴였다. 마땅한 근육이 없어 힘을 주는 모든 일에는 통증이 수반되었다. 이불을 털다가, 신발 뒤축을 당기다가, 페트병을 열다가 쉽게 온몸에 쥐가 났다. 이토록 갑작스런 신체의 변화는 무엇이란 말인가. 기물 파손을 꿈에 그리던 소녀의 갈망은 간 데 없고 그저 온몸이 파손되고 있었다.

전자 상가에서 함께 일하던 동료 중 테크노 음악 DJ가 있었다. 그는 나를 클럽에 종종 초대했으나 언제나 거절할 수밖에 없었다. 밤이면 눕는 것 말고는 어느 것도 할 수 없었기 때문이다. 동료들은 나를 신데렐라라고 불렀다. 나는 정말로 신데렐라처럼 밤을 즐길 수 없었다. 그리고 더 이상 컴퓨터 앞에 앉아 일할 수도, 책상에 앉아 강의를 들을 수도, 쉽게 잠에 들 수도 없었다.

일과 학업을 모두 그만두고 가장 먼저 찾아간 곳은 한의원이었다. 어깨와 목 아래에 핫팩을 두고 누우면 체리 씨앗이 담긴 핫팩도 배 위에 함께 얹어졌다.

동네 한의원에서 통증이 쉽사리 호전되지 않자 불안감이 커졌다. 해가 바뀌어도 나아지지 않는 증상을 두고 볼 수 없었다. 많은 병원을 탐방하며 진통 주사와 진통제를 처방받았고 다른 병원에서 같은 절차의 물리치료를 받았다. 메르스 확산의 원인으로 꼽는, '병원 쇼핑'이란 신조어를 떠올렸다. 마음 맞는 주치의를 만나지 못하고, 낫지 않는 통증을 안은 채 이곳저곳 떠도는 것도 지치는데 그 모든 과정을 납작하게 만드는 새로운 낱말의 조합이 영 마음에 들지 않았다. 물리치료를 받기 위해 상의를 벗고 엎드리면 흡착기 같은 것이 내 몸에 달라붙어 숨을 쉬듯 움직였다. 그 숱한 물리치료를 받으면서 내가 궁금한 것은 단 한 가지였다. '나는 무슨 병을 갖게 된 것일까?'

병명 찾기

병원을 수시로 탐방했던 것은 통증이 쉽게 호전되지 않았기 때문이다. 그리고 정확한 원인을 알 수 없었기 때문이다. 정형외과와 신경외과에서 엑스레이를 몇 차례 찍어본 결과 일자목 진단을 받았다. 의사들은 보통 가벼운 운동과 긍정적인 마음, 물리치료를 권했다. 한 신경외과에서는 MBTI 검사를 진행했고 내 유형이 안철수에 가까운 유형이라고 말했다. 그곳 의사에게 요가를 배우고 있다고 말하자 그는 신체에 이로운 운동은 없다고 언성을 높이며 자신의 주사 한 방이면 해결될 것이라고 단언했다. 그의 주사는 효과가 없었고 그 대신 운동과 다른 병원에서의 물리치료를 3개월 이상 반복했다. 그러나 여전히 뒷통수와 턱 그리고 어깨의 통증이 가시지 않았다. 풀린 눈으로 양심의 가책 없이 지하철 노약자석에 앉는 날이 반복되었다.

도수치료라는 새로운 치료법을 알게 되었다. 얼굴이 닿는 부분에 구멍이 뚫린 침대에 엎드려 스포츠 마사지와 비슷한 치료를 받았다. 엑스레이에는 큰 이상이 없으니 적어도 10회 이상 매일 치료를 받으면 나을 수 있다고 했다. 하지만 매일 15만 원씩 내고 도수치료를 받으러 갈 순 없었다. 엄마가 들어준 실비보험을 통해 진료비를 일부 돌려받아야 다시 병원에 갈 돈이 생겼기 때문이다. 나는 일주일에 딱 한 번 아이들을 가르쳐 돈을 벌고 있었고 그간 일해 번 돈은 모두 학교에 묶여 있었다. 진료비 영수증을 열심히 보험사에 보낸 뒤 다시 병원을 찾았다. 그럼 의사는 이렇게 게을리 치료를 받아서야 나을 수 없다며 면박을 주었다. 이 병원 저 병원에서 듣는 훈계에 나는 자꾸만 앉은키가 줄었다.

학교를 찾아가 휴학하기 전 납부한 학비를 돌려받을
수 없느냐고 물었다. 자퇴를 하지 않는 이상 돌려줄 수 없
다는 것이 학교 측의 답변이었다.

도수치료는 받을 땐 천국 같았으나 집으로 돌아가는
길엔 극심한 통증이 다시 찾아왔다. 10회를 채워도 통증
은 여전했다. 답답한 마음에 모든 진료를 아우른다는 대
학병원의 가정의학과를 내원했다. 피를 뽑고 소변을 제출
하며 종합검진을 받았다. 그 결과 병증은 발견할 수 없지
만 신체 나이가 74세로 판명되었으며 고기를 많이 먹으라
는 조언과 함께 비타민 D 주사를 처방받았다. 나는 비타
민 D 주사에 모든 희망을 걸어보았으나 그 후 수개월이 지
나도 역시 통증은 그대로였다.

나는 랜선 친구들에게 도움을 요청했다. 모든 SNS에
어디가 아픈지 상세히 기술해 업로드했다. 실제로 얼굴을
본 적 없는 이들이 놀라울 만큼 많은 메시지를 보냈다. 자
기 경험과 위로, 갖가지 제안들이 빼곡히 적혀 있었다. 그

중 많은 이가 류마티스 내과를 내원해보라는 제안을 건넸다. 생소한 이름이었다. 류마티스 내과에 내원해 다시 한 번 피를 뽑고 소변을 제출했다. 하지만 그곳에서도 류마티스 질환은 발견되지 않았다.

그러나 통증이 지속된 지 1년 6개월 만에 그럴싸한 진단명을 얻는 데에 성공했다. 섬유근육통이라는 이름의, 원인을 알 수 없는 질환이었다. 의사에 따르면 쉽게 말해 남들보다 고통을 더 크게 느끼는 질환이라고 했다. 온갖 검사에서 어떤 병증도 발견되지 않았기 때문에 내린 진단이었다. 이로써 병명을 얻게 되었지만 결국 이유를 알 수 없는 것은 여전했다. 아침저녁으로 먹는 진통제를 두 달치씩 처방받았다. 의사에게 약을 꾸준히 먹으면 호전될 수 있느냐고 물었다. 호전되는 사람도, 호전되지 않는 사람도 있다는 답변이 돌아왔다.

근육통만 만성적인 것이 아니었다. 청소년기를 지나며 갖게 된 만성적인 증상들은 꽤 많았다. 그것은 생리불순, 발작성 빈맥, 위장 장애 같은 것들이다. 그러나 이들도 그저 증상만 존재할 뿐 명확한 진단명을 가지지 못했다. 생리불순으로 찾아간 산부인과에서는 피검사와 초음파 검사를 진행했다. 다낭성난소증후군이 의심되지만 값이 비싼 테스토스테론 검사를 실시하지 않으면 정확히 알 수 없다는 답변을 들었다. 나는 그 증후군의 긴 이름을 메모장에 받아 적으며 피임도 임신도 어려운 질환이라고 요약해두었다.

발작성 빈맥은 쉽게 말해 빠른 맥박이 발생했다가 정상 리듬으로 돌아오는 것을 말한다. 나는 가끔 갑자기 그대로 주저앉을 만큼 심장이 빠른 속도로 뛴다. 불현듯 앞이 조금 캄캄해지고 숨을 쉬기가 어려워진다. 보통 5분에서 10분 안에 진정되기 때문에 잠시 누워 있으면 아무 일도 없었다는 듯 불편이 사라진다. 어느 날은 하루 반나절 동안 심장이 진정되지 않았다. 두려운 마음에 순환기 내과를 방문했다. 가슴에 24시간 기계를 부착하는 심전도 검사와 초음파 검사를 진행했다. 결과적으로 병증은 발견되지 않았다. 그러나 이렇게 심장이 빠르게 뛰는 것이 흔한 케이스가 아니라는 이야기와 함께 빈맥 증상을 가라앉게 하는 상비약을 처방받았다.

위통은 지속적으로 나를 괴롭힌 신체적 불편 중 가장 역사가 길고 지독하다. 쥐어짜는 아픔, 찌르는 아픔, 긁는 아픔 등 온갖 아픔에 대한 비유를 나의 위장에 갖다 붙일 수 있을 것이다. 어릴 적부터 자주 체했는데 대학에 다니면서부터는 말 그대로 매일 체했다. 때문에 죽과 바나나 같은 음식을 달고 살았다. 위장에도 역시 검사를 실시했다. 수면 내시경을 신청했지만 검사는 반수면 내시경에 가까웠다. 목 안으로 들어온 관 때문에 헛구역질을 하다 잠에서 자꾸만 깨어났기 때문이다. 그럼에도 검사는 계속되었다. 외딴 곳에서 구역질하는 꿈을 꾸는 동시에 의사와 간호사가 눈앞에서 아른거렸다. 결과적으로 위는 깨끗했고 목만 잔뜩 헐어 이틀간 말을 할 수 없었다.

온갖 병원을 탐방하며 각종 질병의 원인과 해결책을 찾는 동시에 부지런히 진료비 영수증을 보험사에 제출하는 날들을 보냈다. 하루 빨리 명확한 병명을 알고 싶었지만 실패를 거듭할 뿐이었다. 이렇게 보물찾기를 하듯 병명을 찾다 보면 나의 형제 훈이 떠오르곤 했다. 그는 자신이 갖게 된 조울증이라는 병명과 약 복용, 입원 절차를 15년째 열렬히 거부 중이었다. 그가 처음 복용했던 약의 부작용이 매우 큰 탓이었다. 질병의 명칭을 쉬쉬하고 신비화하며, 아픈 사람에 낙인을 찍는 일이 빈번한 것도 문제였다.

나는 병명을 갈망하는 동시에 질병에 속박당하게 될까 봐 두려웠다. 어떤 병명으로 인해 세상이 나를 배제하고 외롭게 만들까 봐 초조했다. 하지만 내게 가장 급박한 것은 고통스런 통증을 조금이라도 해결하는 것이었다. 정답이 없을지도 모를, 병명 찾기는 계속되었다.

상상

피로감과 통증 때문에 못하게 된 것들이 있다. 몸이 꾸준히 아프고 난 뒤 나의 활동이나 공간이 완전히 재편되고 있음을 알 수 있었다. 거의 매주 찾던 영화관에 갈 수 없었고 대학은 물론 너댓 시간씩 발제하던 스터디 그룹에 참여할 수 없었다. 나는 가장 먼저 독서대를 여러 개 마련했고 책 읽어주는 팟캐스트를 다운로드해 들었으며 누워서도 책이나 영화를 감상할 수 있는 거울 달린 안경을 구매했다. '레이지 글래시스'라는 이름을 가지고 잡화점에서 판매되고 있었으나 그것은 내게 의료도구였다. 어떤 친구들은 자신이 읽었던 책의 감상을 녹음해 보내주거나 책을 직접 낭독해 보내주었다. 침대에 누워 녹음 파일을 전해 받는 순간은 마치 긴 손편지를 받는 것과 같이 따뜻하고 심지어 물성이 느껴지는 것 같았다. 그러나 나는 모든 것을 누워서 해결하고 싶지 않았다. 앉고, 서고, 숨이 차도록 빠르게 뛰고, 먼 거리를 전철로, 기차로 이동하고 싶었다.

침대에 누워 있는 시간이 많을수록 하고 싶었던 것들이 절실해졌다. 예컨대 지난날 생각해두었던 사업을 구체화하곤 하는 것이다. 언젠가 트위터에서 남성용 드로어즈를 입어본 여성들이 사각팬티의 편안함을 예찬한 적이 있다. 나는 그때 그 트윗을 저장하고 굳게 결심했다. 여성용 사각팬티를 만들리라. 마음 맞는 디자이너를 만나리라. 다양한 신체의 여성 모델을 고용하여 훌륭한 화보를 완성하리라.

우선 텀블벅부터 열어야겠지, 촬영은 사진을 잘 찍는 친구에게 부탁하면 될 것이고, 여성주의적 시각에 입각한 캐치프레이즈를 보다 열심히 구상할 것이었다. 해외로

진출하는 상상도 해보았다가, 거기까지는 생각하지 않기로 했다. 침대에 누워 이런저런 김칫국을 마시고 있던 어느 날 SNS에 여성용 사각팬티에 관한 텀블벅 홍보 게시물이 올라왔다. 누군가 이미 제품을 내놓은 것이다. 나의 구상과는 달랐으나 소재와 디자인이 훌륭한 팬티였다. 배가 아팠다.

다양한 체위에 관한 소망도 있다. 10대 시절 기숙학교에 '카마수트라'라는 앱을 다운로드해온 이가 있었다. 휴대폰 소지가 금지인 학교였고 당시엔 거의 모두가 슬라이드 혹은 폴더폰을 사용했기에 그 앱은 최신형 MP3였던 아이팟에 담겨온 것이었다. 그 앱에는 실제 인도의 카마수트라 그림이 있었던 것이 아니라 아주 간단한 일러스트로 이루어진 다양한 체위법이 이름에 따라 분류되어 있었다. 가령 침대 아이콘 끝에 아슬아슬하게 발을 걸친 사람아이콘이 의자 아이콘 위에 손을 얹어 엎드린 그림 같은 것이었다. 실제로 가능할지 의문스러운 체위가 아주 다양한 명칭과 함께 그려져 있었다. 나는 그때 이 모든 재밌는 자세를 가능한 한 많이 해보리라 다짐했다.

그러나 지금은 섹스 자체가 힘들다. 특히나 흡입/삽입 섹스가 그러하다. 싫다는 것은 아니다. 질 오르가즘이 유니콘이나 해태 따위의 것처럼 상상 속 산물이라 할지라도 나는 흡입/삽입 행위를 매우 즐거워하는 편이다. 하지만 조금이라도 몸이 흔들리거나 몸을 흔들면 금세 지치고 마는 것이다. 그래서 이렇게 상상하곤 한다. 통증과 피로가 끝이 나면 이 지루한 섹스 또한 끝이 날 것이다. 그리고 대단히 충격적인 체위가 시작될 것이다. 그러나,

침대 위에서 벌어지는 다양한 상상들이 언젠가 실현될 것이라는 보장은 없었다. 나의 지겨운 질병이, 도저히 끝날 기미를 보이지 않았기 때문이다. 그러나 침대 생활은 그 어느 때보다도 구체적인 상상력을 불러일으켰다. 위통 탓에 흰 죽을 달고 살 때마다 입에 대지도 못할, 시뻘건 양념으로 범벅된 음식을 강력히 원했던 것처럼 그간 잊고 지내던 나의 강한 욕망과 호기심이 침대 위에서 한없이 들끓고 있었다.

엄마와의 동거

대학에 진학하고 1년 뒤 자취를 시작했다. 그 전까지는 가족과 함께 살며 학교까지 두 시간의 거리를 전철로 이동했다. 우리 가족이 함께 사는 대부분의 시간 동안 나의 아빠는 입시학원의 원장이었다. 직장 생활을 하다 형의 권유로 시작한 일이었다. 그는 드라마 〈학교 2013〉을 보며 아이들이 너무 안됐다고 자주 울먹이는 사람이었다. 그러나 그는 울먹임이 무색하게 착실히 학원을 운영했다. 아빠는 스스로와 약속한 10년을 채우고 학원을 떠났다. 그리고 돌연 산골마을로 들어가 사과밭에서 인턴 생활을 시작했다. 그 마을은 품질 좋은 사과로 아주 유명한 곳이었다.

직접 기른 채소로 청국장을 끓여 먹으며 사과 꽃을 솎아내고 열매를 거두고 잎을 따고 사과를 수확하고 가지를 쳤다. 아빠의 학원에서 원감 역할을 하던 엄마는 일과 함께 남편이 사라져 자주 무력해했다. 아빠는 결국, 큰 결심을 하고 산 트럭을 다시 팔고 1년 만에 집으로 돌아왔다. 항상 짧게 깎은 깍두기 모양이었던 그의 머리는 거의 단발이 되어 있었다. 아빠는 이후 이런저런 일을 했지만 적성에 맞는 일을 찾기 어려웠다. 그때, 우리 네 가족은 알바천국에 동시접속 해 일감을 찾곤 했다.

네 가족이 살고 있는 아파트의 전세 만료 기간이 다가왔고 엄마와 아빠는 돌연 S시로 떠나겠다고 했다. S시에 직장이 있는 것도 아니었고 가족이 있는 것도 아니었다. 그저 미개척지에 대한 도전처럼 우리 가족은 거주지를 S시로 옮겼다. 그때 나의 첫 자취방이 마련되었다.

아빠가 친구의 부대찌개 가게에서 아르바이트를 하는

동안 서울에 좋은 일용직 알바가 있다고 귀띔 받은 엄마는 나의 자취방으로 거처를 옮겼다. 그리고 웨딩 헬퍼라는 일을 시작했다.

엄마는 새벽 4시에 일어나 신랑, 신부의 무거운 예복을 손에 든 채 전철로 이동했다. 결혼식 내내 신부의 옷매무새를 고치고 부지런히 짐과 소지품을 날랐다. 마음이 너그러운 신랑, 신부는 엄마한테 식권을 줬고 그렇지 않은 신랑, 신부는 그대로 두었다. 식권을 받지 않는 날이면 엄마는 배가 고파 속이 쓰렸다. 엄마는 웨딩숍에 직접 고용된 형태가 아니어서 신랑, 신부에게 직접 돈을 받아야 했다. 일을 시작한 첫날, 13만 원을 받은 엄마가 웨딩드레스를 숍에 돌려주고 신이 난 채 돌아가려 하자 웨딩숍의 사장이 엄마를 불러 세워 말했다. 이모님, 수수료 3만 원 놓고 가셔야죠.

엄마와 함께 살던 시기는 나의 위장 장애가 극에 달하고 만성적인 근육통이 시작될 때였다. 엄마는 음식을 잘 삼키지 못하는 내게 우유와 꿀을 섞은 마를 갈아주고는 했다. 하지만 나는 그것을 먹고도 금세 토를 하기 일쑤였다. 봄에도 여름에도 조금만 추우면 집에 딱 하나 있는 신문만 한 창문을 꽉 닫고 이불 속으로 기어들어갔다. 엄마는 작은 반지하 원룸이 답답한 공기로 가득 차는 것을 싫어했다. 그녀는 침대에서 나를 쫓아낸 뒤 창문을 열고 부지런히 먼지를 털었다.

우리는 그런 일들로 자주 다퉜다. 내게 그녀는 너무 부지런했고 그녀에게 나는 너무 게을렀다. 방음이 되지 않는 아주 좁은 방에서 우리는 수많은 다툼을 벌였다. 엄마는 내가 크게 엄살을 피우고 있다고 생각했다. 그녀가 추위나 통증에 아주 무딘 사람이었기 때문이다. 그녀는 이가 아파도 참기만 했던, 치과가 무엇인지도 몰랐던 자신의 어린 시절 이야기를 자주 꺼내곤 했다. 농촌 가정의 일곱째 막내딸로 자란 그녀는 가장 많은 예쁨을 받고 자랐지만 쉽게 불평불만을 표출할 순 없었다. 눈만 뜨면 식구 모두가 농사일에 동참해야 했기 때문이다. 그녀는 모든 고난을 신이 준 것으로 생각했고 자신의 상처는 매일같이 일기장에 옮겨 적으며 스스로를 치유했다.

나는 엄마가 지나치게 무딘 사람이라고 생각했다. 그녀는 배 위에 핫팩을 붙이고 자다 화상을 입어 배가 검게 변해도 알아채지 못하는 사람이었다. 엄마는 내가 듣는 모든 소리와 맡는 냄새를 알아차리지 못했고 따라서 내게 지나치게 예민하다고 자주 말했다. 그녀 앞에만 서면 내가 유난스러운 사람이 되는 것 같아 자주 부끄러웠다. 날 알아주지 못하는 그녀가 아주 밉기도 했다. 그러던 어느 날 엄마는 내게 자신의 20대 시절의 이야기를 들려주었다. 생각해보니 자신도 내 나이 때는 아주 예민했다는 것이다.

젊은 시절 언제인가 그녀는 자신의 둘째 언니와 닮은 동료와 일을 하다 기절을 하고 말았다. 직장 상사는 빠르게 엄마를 응급실로 이송했다. 의사는 스트레스로 인한 쇼크가 온 것이라고 했다. 엄마에게 둘째 언니는 공포와 분노의 대상이었다. 일곱 남매 중 딱 중간에 위치한 엄마의 둘째 언니는 가족들에게 받았던 온갖 멸시를 막내인 나의 엄마에게 풀곤 했다. 그녀는 아주 어린 시절, 몹시 잔인한 상상을 했다고 밝혔다. 그것은 둘째 언니의 결혼식장에 총을 들고 가 그녀를 쏘는 상상이었다. 웨딩드레스에 새빨간 피가 낭자한 이미지를 떠올렸다며, 자신이 그런 상상을 했다는 게 부끄럽고 놀랍다고 말했다. 나 또한 조금 충격적이면서도 동시에 반갑고 흥미로웠다. 그녀는 작은 벌레도 죽이지 않는 사람이었고 다 죽어가는 작은 식물도 풍성한 넝쿨로 만드는 사람이었다.

나의 뒤통수와 목, 어깨 등의 통증은 날이 갈수록 심해졌다. 엄마는 자신의 허리디스크 문제를 수술 없이, 걷기로 극복해낸 일화를 수시로 전하며 꾸준한 걷기를 강력 추천했다. 나는 나름대로 최선을 다해 걷고 꾸준한 물리치료를 받았지만 쉽사리 호전되지 않았고, 몸이 움직이지 않아 택시를 타고 진통 주사를 맞으러 가는 일이 반복되었다. 엄마는 나를 위해 명망 있는 통증의학과를 부단히 알아보기 시작했다. 명상 센터나 한방 병원 또한 열심히 물색했다. 웨딩 헬퍼 일 또한 부지런히 해나가던 중이었다.

시간이 흐를수록 그녀는 웨딩 헬퍼 일을 아주 힘들어

했다. 자신이 꼭 투명인간이 된 것 같다고 했다. 사람들의 눈에 띄지 않게, 머리부터 발끝까지 검정색으로 갖춰 입고 자주 숨을 참아야 했다. 나도 엄마가 그 일을 하기 전까지는 웨딩 헬퍼라는 존재를 알아차리지 못했다. 이제야 능숙한 몸놀림으로 신부의 드레스 자락을 정리하는 검은 옷의 존재가 보이는 것이다. 엄마는 무거운 드레스를 손에 쥔 채 화려한 건물들을 지나며 자존감이 저 아래로 추락하고 있음을 느꼈다. 그렇게 고된 일을 마치고 집에 돌아오면 휴식을 취할 새도 없이 나와 실랑이를 벌여야 했다. 그녀가 아무리 무딘 사람이라 할지라도 그 상황은 혹독했다. 엄마는 다시 S시로 거처를 옮겼고 새로운 아르바이트를 구하기 시작했다.

수영장

수영이 목과 허리에 좋다는 다수의 간증을 바탕으로, 작지 않은 결심을 했다. 수영을 배우게 된 것이다. 물론 3개월 만에 강습을 그만두었지만 나로서는 큰 수확이었다. 드디어 물에 뜰 수 있게 되었기 때문이다. 그간 한 번도 수영 강습을 받아본 적이 없던 이유는 크게 세 가지다. 첫 번째는 수영복을 입은 몸이 조금 부끄러워서이고, 두 번째는 여섯 살 때 모르는 이가 성인 풀에 빠트려서, 마지막 세 번째는 수영 강사가 무서워서다. 어린 시절 가끔 가던 실내 수영장에서는 강습반 사람들과 자유 수영을 하는 사람들이 동시에 수영을 했다. 때문에 어린이 풀에서 참방댈 때면 수영 강사의 커다란 외침이 수영장을 가득 메웠고 나는 꼭 내가 혼나는 기분에, 물속에서 바르르 떨곤 했다.

호수며 바다며 계곡이며 여행을 갈 때마다 마주치는 물을 보고도 수년간 뜨지도 못한 채 그저 한없이 참방거렸다. 그리고 다시금 수영장을 메우던 커다란 외침을 떠올리며 수영 강습엔 고개를 내저었다.

B시 국민체육센터의 11시 50분 화목 수영 강습을 수강하기 위해서는 서른 명 안에 들어야 했다. 나는 아침 7시에 일어나 7시 2분에 로그인을 한 뒤 7시 3분에 수강신청 버튼을 클릭했고 무사히 성공했다. 다시 홈페이지로 돌아왔을 때에는 신청이 모두 마감된 상태였다. 대학교 수강신청 때보다 두근대는 마음에 좀체 다시 눈을 붙일 수 없었다. 기쁨과 걱정이 함께 떠오르던 순간이었다.

입을 일이 없어 수영복을 마련하지 않은 지 오래인데, 작년 이맘때쯤 엄마가 사준 수영복이 생각났다. 엄마는 태그도 안 뗀 수영복을 벼룩시장에서 5,000원에 샀다며 기뻐했다. 나는 서랍을 뒤져 수영복을 찾아냈고 여전히 태그는 수영복 한 귀퉁이에 매달려 달랑대고 있었다. 급하게 구매한 수모와 수경까지 챙겨 집에서 20분 떨어진 체육센터로 향했다. 그리고 탈의실로 들어갔는데, 수건을 놓고 온 것이 그제야 생각났다. 연신 바닥의 물기를 닦고 계신 분에게 다가가 수건을 하나 빌릴 수 없겠느냐 사정했고 그녀는 못마땅한 얼굴로 축축한 수건을 하나 건네주었다. 수건에서는 꿉꿉한 곰팡이 냄새가 났다. 나는 잔뜩 긴장해서 살살 아파오는 배를 붙잡고 샤워실로 향했다. 샤워실 문을 열어젖힌 순간 내가 떠올린 단어들은 모두 네 글자였는데, 아비규환, 우왕좌왕, 좌충우돌, 갈팡질팡 같은 것들이었다.

'둠!둠!둠!둠! 쏴!' '둠!둠!둠!둠! 쏴!' 수영장 샤워실의 소리 세계는 대략 이런 느낌이었다. 샤워장 안을 가득 메운 낮은 음의 빠른 비트는 에어로빅의 비트였으며, '쏴!'는 수십 대의 샤워기에서 터져 나오던, 거센 물소리였다. 수십 대의 샤워기 밑 수십 명의 사람들은 온몸에 정신없이 비누칠을 했다. 그들은 비누칠을 한 채로 수영복을 입은 뒤 다시 정신없이 비누칠을 했고 또 정신없이 그 비누 거품들을 씻어냈다. 자리가 없어 서성이던 이들은 모두 내 또래이거나 나보다 조금 나이가 어려 보였는데 그들이 나와 같은 초급반임을 쉽게 예상할 수 있었다.

샤워가 거의 끝나가는 한 노인 뒤를 서성이며 그 순서를 기다렸다. 그녀는 수경의 앞뒷면을 혓바닥으로 날름날름 공들여 닦은 뒤 내게 자리를 넘겨주었다. 나는 재빨리 샤워를 하고 허둥지둥 수영복을 입었다. 그리고 수경을 쓰려는데, 수경 끈 한쪽이 덜렁 빠져버리는 것이 아니겠는가. 불길한 징조에 다시금 배가 아파왔다. 나는 샤워를 마친 다른 노인 한 명을 붙잡고 이것 좀 한번 봐주시겠느냐고 또 사정했다. 그러자 그녀는, 딸깍하고 간단히 수경 끈을 끼워주었다.

초급반의 모임 장소인 어린이 풀 앞에 서자 커다란 실내수영장이 한눈에 들어왔다. 그곳에서 바라다본 풍경은 정말이지 안심되지 않을 구석이 단 한 개도 없어 보였다.

캄캄한 바다나 호수와 달리 바닥이 훤히 들여다보이는 파란 물이 그랬고 천장에서 내려오는 서늘한 바람이 그랬고 기분 좋을 만큼 잦아드는 에어로빅의 비트가 그랬다. 그곳에선 비트의 근원지까지 쉽게 파악할 수 있었는데 유리벽의 에어로빅 강습소가 여자 샤워실 위층에 위치해 있던 것이었다. 2층의 유리벽을 올려다보며 낮고 빠른, 그러나 두리뭉실한 비트에 현란한 춤을 추는 에어로빅 수강자들의 모습이 꽤나 멋져 보였다.

어린이 풀 맞은편의 성인 풀에는 샤워실을 가득 채웠던 여성 노인들이 빼곡하게 줄을 맞춰 서 있었다. 후에 알고 보니 그들은 모두 아쿠아로빅 수강자들이었다. 그런데 그들 중 두 레인은 모두 빨간색 수영모를 쓰고 있었다. 영문 모를 일이며 여전히 그 이유는 알 수 없지만 그들의 통일감이 그 공간에 완전한 평화를 가져다주는 것만 같았다. 그러나 꼭 그들뿐만이 아니더라도, 모두가 비슷한 수영복을 입은 채 머리를 수모 속으로 숨긴 모습 또한 비슷한 종류의 안정감을 가져다주었다.

그리고 십수 년간 나를 공포에 떨게 한 수영강사라는

존재가 나타났다. 그의 등장에 초급반 사람들 모두가 조금은 상기된 듯 보였다. 그는 젊고 날렵하고 두상이 작은 남자였는데, 그에게 공포감을 느끼기에는 그의 수영모가 지나치게 앙증맞아 보였다. 하늘색 수영모에 노란 바나나가 잔뜩 그려져 있었다. 우리 초급반은 '앉아서발차기'부터 '엎드려발차기' '음파호흡'까지 그의 지도에 따라 천천히 진도를 밟아나갔다.

그리고 나는 그토록 긴장했던 수영강사의 외침이, 실은 귀가 먹먹해지는 수영장 안에서 별 수 없이 큰 소리를 내질러야 하는 그들의 고충임을 깨달아나갔다. 이제는 오히려 그들의 성대를 걱정하고 있었다. 초급반의 수영강사는 적절한 반말과 존댓말을 섞어가며 초보 수영자들을 북돋거나 조금 혼냈는데, 특히 할머니들에게는 꼭 반말을 했다. 그리고 할머니들은 꼭 그의 반말에 깔깔거리며 웃었다. 뿐만 아니라 거의 모두가 자꾸만 그 앞에서 웃곤 했는데 그가 무슨 말을 해도 실없이 웃어야 할 것만 같았다. 왜냐하면 글쎄, 우리는 물에 잘 뜨지 못해 멋쩍었고 그는 잠수복 같은 걸 입고 있기 때문이었을까? 물이 두려운 초급반 사람들에게 그의 작은 시범이 얼마나 근사하겠는가.

나는 그를 보며 기술을 뽐낼 수 있는 무언가가 조금 되고 싶어졌다. 하지만 그는 정작 잘 뽐내지 않았는데, 그의 앙증맞은 수영모자가 그것에 관한 전략처럼 느껴졌다. 그러니까 그는 별로 뽐내지도 않으면서 조금만 북돋아줘도 상당한 인기를 얻어갈 수 있을 것 같았다. 인기를 얻기 위해 고군분투하던 나날들이, 물속에서 몸과 함께 자꾸만 떠올랐다. 나는 문득 수영강사에게 오랜 기간 가져온 공포 대신 질투를 느끼고 있음을 깨달았다. 능수능란이라는 단어는 어째서 물이라는 단어와 그리 잘 어울리는 걸까, 수는 물 수가 아니라 손 수일 텐데, 따위의 생각을 하면서.

체온 유지실

수영장의 물은 차가워 언제나 입술이 새파랗게 변했다. 강습이 끝나면 몸을 덜덜 떨며 체온 유지실로 향했다. 뜨거운 증기가 좁은 공간을 가득 채우는, 목욕탕 안 작은 찜질방과 같은 곳이었다. 공간이 아주 협소해 강습이 끝나면 금세 자리가 찼고 나는 종종 유리문 앞에 겨우 발을 디디고 문지기 역할을 했다. 차림은 다양했다. 수모를 쓰고 수영복을 입은 사람, 수모는 썼는데 수영복은 반쯤 내려 가슴과 배를 내놓은 사람, 완전히 나체인 사람으로 나뉘었다. 나는 보통 나체로 앉아 있었다. 수모와 수영복이 너무 조였기 때문이다. 차가웠던 몸에 온기가 돌면 그 자리를 떠나기 싫어 오랫동안 앉아 있었다.

'잡담 금지'라고 쓰여 있는 경고가 무색해지도록 수많은 잡담이 오갔다. 자랑과 뒷담화, 농산물이나 건강에 관한 정보가 주를 이뤘다. 누군가는 보이차의 효능을 지치지 않고 설파했다. 보이차를 체중 감량의 요인으로 꼽자 모든 이의 이목이 집중됐다. 누군가는 질 좋은 생강이나 마늘의 구매처를 공유했고 누군가는 자기 반 수영 선생을 못마땅해했다. 나의 귀를 잡아 끌었던 한마디는 이러하다. "그 양반은 겨울만 되면 감기라도 걸릴까 절대 외출을 안 한대." 나의 가장 큰 두려움은 겨울이다. 추위에 취약해 걸핏하면 열이 오르기 때문이다. 겨울은 열이 오를까 봐 샤워하는 것이 두려워지는 계절이다. 때문에 내 머리칼은 자주 떡이 진다. 나는 발가벗은 채로 앉아 건강에 관한 노인들의 팁을 자주 되새겼다. 훌륭하다는 한의원의 좌표를 묻는 일도 서슴지 않게 되었다. 축축한 나무 벽을 붙잡고 특이한 체조를 하던 노인을 주시하다 그녀가 나가

자마자 그대로 따라한 적도 있다.

수영이 끝나고 친목 도모를 하러 가는 이들도 몇 있겠지만 체온 유지실에 모인 이들 사이에선 대부분 즉흥적인 만남이 이루어지는 듯했다. 말없이 같은 쪽을 바라보며 앉아 있던 이들의 대화가 급작스레 일어나기 때문이다. 민음사에서 격월간으로 발간하는 문학잡지《릿터》의 일곱 번째 커버스토리는 '느슨한 공동체'였다. 서문에서는 일본의 비평가 아즈마 히로키의 '약한 유대'라는 개념을 소개하고 있었다. 학연, 지연으로 인한 끈끈한 결속은 주로 비슷한 정보가 공유되지만 느슨하고 즉흥적인 연결은 보다 다양한 정보가 공유된다는 것이 그 개념에 담겨 있었다. 나는 그 글을 읽으며 단번에 체온 유지실을 떠올렸다. 내가 자주 만날 수 없는 연령대의 이들이 말하는 이야기들은 평소엔 들어본 적 없는 것들이었다.

우리는 서로의 맨몸과 맨 얼굴을 볼 수 있는 사이였지만 성도 이름도 몰랐다. 후끈한 열기를 벗어나 탈의실의 차가운 에어컨 바람 밑에서 사람들은 각기 다른 옷을 입었다. 방금 대화를 나누었던 이가 꼭 다른 사람의 얼굴을 하고 있는 것 같았다. 나는 그녀들이 평소에 어떤 옷을 입는지, 어떤 일을 하는지 알 수 없다.

나는 그 점이 마음에 든다. 그것은 모두가 수모를 쓰고 비슷한 얼굴이 될 때 느껴지는 안정감과 비슷했다. 누군가의 차림새를 보고 멋대로 추측하거나 판단하는 일이 줄어드는 것이다. 아주 어렸을 적, 일명 '야쿠르트 아줌마'가 사복을 입은 모습을 보고 충격을 받은 적이 있다. 미묘한 감정이 요동치던 순간이었다. 체온 유지실은 내게 느슨한 공동체의 공간이다. 가끔은 지겹도록 끈끈한 유대를 제쳐두고, 서로 간의 역사와 현재를 모르는 이들과 약한 유대를 이어나간다. 수영복을 모두 입거나, 반쯤 입거나, 혹은 맨몸인 채로.

류와의 동거

만성통증이 막 심해지기 전, 류라는 인물과 연애를 시작했다. 그를 처음 만난 곳은 서울의 한 일식당이었다. 친한 친구가 그와 빠른 속도로 절친한 사이가 되었다기에 궁금한 마음이 들어 다함께 만났다. 반찬과 국물이 정갈하게 놓인 일본가정식을 먹으며 그에 관한 정보를 수집했다. 그가 일찍이 중학교를 자퇴한 뒤 꽤 오래 홈스쿨링 생활을 했고 대학에서 중국학을 전공 중이며 영어를 가르치는 일로 돈을 벌고 있단 사실을 알게 되었다. 류는 작은 사진기를 지참하고 있었는데, 밥을 다 먹고 식당 앞에 서 있는 나와 친구를 향해 연신 셔터를 누르곤 했다. 며칠이 지난 후 그로부터 대량의 사진을 전송받았다. 정성껏 색을 보정한 사진들이었다.

류는 사진을 보내며 맛 좋은 피자나 수제 햄버거를 함께 먹자고 제안했다. 그래서 우리는 정말로 맛 좋은 수제 햄버거를 먹었다. 그는 주로 음식점들을 소개하며 점진적이고 적극적인 애정 공세를 이어나갔다. 그간의 인생을 통틀어 연인 관계에 큰 관심이 없던 나는 류에게 수시로 거절의 말을 해야 했다. 하지만 그는 쉽게 포기하지 않았다. 류는 사진을 전송하거나 맛 좋은 음식점을 소개하는 방식 외에도 갖가지 방식을 동원해 나의 환심을 샀다.

류의 끈질긴 구애 끝에 얼렁뚱땅 연애를 시작했다. 늘 혼자만의 공간과 시간이 필요하다고 생각했는데 막상 연애를 시작하니 마음이 달라졌다. 긴 시간을 타인과 함께 보내는 것은 생각보다 훨씬 즐거운 일이었다.

붙어 있는 시간이 늘어나니 자연스레 류를 더 알게 되었고 그 탓에 그를 점점 더 좋아하게 되었다. 류는 지치지 않고 성대모사를 비롯한 개인기를 뽐내는 사람이었다. 어느 날은 영화 〈레옹〉의 한 장면을 따라 해보겠다고 사뭇 진지한 표정으로 말했다. 그러고는 주인공 레옹이 우유 잔을 집어드는 손가락 디테일을 흉내 내기 시작했다. 나는 그가 무엇을 하는 건지 전혀 이해할 수 없었지만 앞으로 그의 재주를 더 많이 목격하고 싶은 것은 분명했다.

우리는 수시로 서로의 집을 드나들었다. 그의 집은 세 평이었고 나의 집은 다섯 평이었다. 좁은 공간은 연애를 막 시작한 우리에게 큰 문제가 되지 않았다. 류의 집에 있던 슈퍼 싱글 침대에서도 각자의 몸을 혹사시키며 내내 붙어 있고는 했다.

류는 천천히 나의 각종 질병을 발견해나갔다. 처음에는 그도 크게 염려하지 않았다. 그러나 내가 침대에서 점점 등을 떼지 못하자 그도 점점 심각해졌다. 나는 더 이상 류의 집을 방문할 수 없게 되었다. 대신 그가 늘 나의 집으로 왔다. 우리는 거의 동거를 하듯 긴 시간을 함께 보냈다. 그러나 딱히 각자의 살림을 합칠 생각은 없었다. 그러던 어느 날 그 생각이 크게 바뀌었다.

그날의 나는 늦은 밤, 지하철을 타고 귀가하고 있었다.

집까지 몇 정거장 남지 않았을 때부터 무언가 따가운 시선이 느껴졌다. 바로 옆 좌석의 한 남성으로부터였다. 그는 문득 내게 물었다. "우리 J동에서 보지 않았어요?" J동은 내가 내리는 역 바로 다음 역이었으나 가본 적이 없기 때문에 "본 적 없어요."라고 빠르게 대꾸했다. 그는 계속해서 "본 적 있는데."라며 중얼거렸다. 두려운 마음이 들어 류에게 메시지를 보냈다. 낯선 남자가 내게 말을 걸고 있으니 전화를 걸면 바로 받아달라고 했다. 그에게 전화를 걸어 볼륨을 가장 크게 높였다. 그리고 물었다. "지금 어디쯤이야?" 류는 큰 소리로 대답했다. "나? 지금 집에 가려고 P시 가는 버스 탔지!" 당황스러웠다. 나는 그가 "역 앞에 마중 나와 있어."라고 거짓말 해주기를 진심으로 바랐다. 잠시 말이 나오지 않았다. 그제야 무언가를 눈치챈 류가 사과를 반복했다. 나는 급히 휴대폰의 볼륨을 낮췄다.

내릴 역에 도착한 뒤 급하게 지하철에서 나와 창문 안 좌석을 살펴보았다. 내게 말을 건 남자가 사라져 있었다. 두려움에 휩싸여 휴대폰을 붙들고 주위를 살폈다. 그를 찾을 수 없었다. 그는 왜 이곳에 내린 것일까? 나를 따라 내린 것일까? 지하 광장으로 내려갔다. 남자는 밖으로 향하는 문 앞에 서서 나가지 않고 있었다. 나는 그를 못 본 체하고 개찰구를 통과해 반대편 출구로 줄행랑을 쳤다. 류는 당장 번화가를 통해 집에 들어가라고 했다. 술집이 가득한 골목을 달려 집에 도착했다.

불을 켜고 화장실 문을 열고 베란다 문을 열고 행거를 들춘 다음에야 눈물이 터졌다. 전화기를 붙잡고 류를 향해 대성통곡을 했다. 쫓기는 두려움에 대해 길게 나열하기도 했다. 류는 당장 짐을 싸서 나의 집으로 오겠다고 했다. 그는 새벽녘 캐리어에 간단히 짐을 싼 뒤 택시를 타고 나의 집으로 왔다. 그날을 계기로 우리의 길고 긴 동거 생활이 시작되었다.

넷플릭스

류는 나의 돌봄 제공자가 되었다. P시의 부모님과 사는 반려견 봉을 돌보는 대신 나를 돌보게 된 것이다. 그가 나와 함께 살기 시작한 후 그의 활동 반경이나 일상 역시 재편되었다. 류는 생전 처음 죽을 끓였으며 매일 밤 나의 몸을 안마했고 잠 못 드는 나를 위해 평안한 이야기를 들려주었다. 그리고 나와 셀 수 없는 다툼을 벌였다.

그와 그렇게 많이 다투었던 이유는 그리 기억나지 않는다. 하지만 서로에게 어떤 과격한 말을 했는지에 대해서는 정확히 기억하고 있다. 그에게 가장 상처받은 말 톱

파이브 중 하나는 이것이다. 내가 그에게 짐을 싸서 나가라는 최후의 공격을 펼쳤을 때 그는 눈물 젖은 짐을 싸며 이렇게 말했다.

"내가 이 집을 나가고 없으면 너는 계속 이렇게 집에서 넷플릭스만 보겠지!"

물론 거대 기업이 빠른 속도로 성장하는 것은 언제나 경계해야 할 일이다. 하지만 그가 전하고자 한 바는 그런 뜻이 아니었다. 쉽게 말해 게으르고 한심하다는 것이었다. 나는 굉장한 타격을 입었다. 그리고 그에게 당장 소리쳤다. 누구는 집에서 넷플릭스만 보고 싶은 줄 아냐고, 나도 하고 싶은 공부가 있고 하고 싶은 일이 있으며 가고 싶은 장소가 있다고. 다만 그게 그렇게 간단하지 않을 뿐이라고.

류가 모를 리 만무했다. 그는 나의 통증과 무력감을 누구보다 잘 알고 있는 사람이었다. 그저 우리는 그날 누가 더 큰 상처를 줄 수 있는지 겨루고 있을 뿐이었다. 다만 그가 알지 못했던 것은 내가 넷플릭스 드라마와 스탠드업 코미디, 시트콤을 통해 미국 문화 전반을 공부하고 있었다는 사실이다. 나는 침대에 누워 미국 이민자 가정의 실태, 70년대 뉴욕 브롱크스의 정치적 상황과 힙합의 시초, 온갖 약물의 이름을 배우고 있었다.

처음 통증이 시작되었을 때 내가 할 수 있는 것은 거의 없었다. 책장을 넘기는 것조차 버거웠다. 두통이 너무심해 어떤 두뇌활동도 하고 싶지 않았다. 그러나 누워만있는 일은 참을 수 없이 무료했기에 한국 예능을 찾아보기 시작했다. 연예인들이 빙 둘러앉아 자신이 겪은 일화를 나열하는 예능 몇 가지를 보았다. 그들은 다함께 박장대소하며 황당한 이야기를 나눴다. 나는 함께 조금씩 웃음을 흘리곤 했다. 그러나 아직까지도 여자 연예인들에게애교를 요청하는 모습에 두통이 더 심해지고는 했다.

노트북을 닫고 천천히 집 앞을 산책하며 팟캐스트를듣기 시작했다. 소설가가 소설을 낭독하는 팟캐스트, 영화평론가와 소설가, 기자가 함께 책을 소개하는 팟캐스트, 좋아하는 진행자들이 개봉한 영화를 소개하는 팟캐스트를 연달아 들었다. 내게 가장 쉽고 간편한 유희였으나 그것들을 들으면 들을수록 슬픔이 밀려왔다. 그들이 소개하는 모든 것을 당장 향유할 수 없었기 때문이다.

고등학교를 졸업하고, 아르바이트에 긴 시간을 쏟던 때에 나는 오랜 친구와 매주 영화관에 출석하고는 했다. 우리는 함께 보낸 세월이 너무 길어 권태기에 접어든 어느 커플처럼 서로를 지겨워했다. 하지만 습관처럼 그렇게 영화관에 가는 것이었다. 가는 길, 전철에선 아무 말이 없다가 영화를 보고 나면 입이 근질거려 말문이 터졌다. 마음대로 별점을 매기고 영화에 관한 서로의 의견이 불일치할 때면 그 불일치를 두고 신나게 토론했다.

열여덟 살에 학교를 졸업한 열아홉 살의 우리는 자주 세상을 이해할 수 없었고 영화는 가끔 세상을 이해하게 하거나 더 헷갈리게 만들었다. 돌이켜보면 학교를 졸업하기 전부터 영화관을 자주 찾았다. 비좁은 기숙학교를 더 이상 견딜 수 없던 나는 마지막 학기에 집에서 통학을 했다. 그리고 어느 날은 부모님께 학교를 다녀오겠다고 예의 바르게 인사를 드린 뒤 휴대폰을 꺼놓고 영화관으로 향했다. 보고 싶던 영화를 연달아 감상했다. 영화를 다 보고 휴대폰을 켰을 땐 학교에서 문자가 와 있었다. "한 시간 이내로 전화하지 않으면 경찰에 신고하겠습니다." 내가 실종된 줄 알았던 것이다. 부모님은 나를 너그러이 이해했다.

나는 영화관에 앉아 있는 순간을 좋아했다. 특히 광고나 비상 대피로에 관한 안내가 끝나고 영화가 시작되기 직전의 순간을 가장 좋아한다. 화면이 검게 변하고 모두가 숨을 죽인 채 영화를 기다리는 순간, 관객은 하나가 되고 그것은 마치 종교적 의례처럼 느껴진다. 하지만 만성적인 통증이 시작된 이후 영화관은 내 몸을 뻣뻣하게 만들고 통증을 가중시키는 공간이 되었다. 한 자리에 같은 자세로 오래 앉아 있는 것만큼 내 몸을 혹사시키는 일도 없다. 내 몸에 맞는 시청각 문화가 절실히 필요했다. 이것이 내가 넷플릭스를 결제하게 된 계기다.

불과 몇 년 전의 나는 과제를 통해, 영화는 물론 대학까지 사이버 세계로 이동하는 것에 대해 유감을 표했다.

우정의 공간을 잃어버린다고 여겼기 때문이다. 지금도 그 생각은 변함이 없다. 나에겐 영화를 보며 다함께 숨을 죽이던 순간, 누군가의 자취방에 모여 초고를 쓰던 시간, 매주 같은 책을 읽고 다함께 요리를 해먹던 동지들이 있었다. 나는 그 시간을 되돌리고 싶다. 외로운 날들을 떨치고 싶다.

하지만 몸이 마음의 말을 듣지 않는 이상 차선책이 필요한 법이다. 영화가 모두의 안방으로 이전하면서, 미디어에 대한 접근성이 높아진 것은 명백한 사실이다. 그것을 그 어느 때보다 크게 실감하고 있다. 하루 동안 잘 때를 제외하고 넷플릭스를 감상하는 것에 가장 많은 시간을 쏟는다. 어떤 시리즈의 한 시즌을 하루 만에 다 감상하는 식이다.

처음엔 서구 문화 중심의 콘텐츠를 소화하는 데에 어려움이 있었다. 넷플릭스가 지극히 미국 중심적인 콘텐츠로 가득하기 때문이다. 미국 각지에서 벌어지는 스탠드업 코미디언들의 어떤 농담은 미국 문화에 대한 이해가 없으면 전혀 웃을 수 없었다. 그러나 매일 많은 양의 컨텐츠를 게걸스레 감상하다 보니 어느새 그 농담들을 따라 잡고 있었다. 뭐가 됐든 체력이 바닥나도 침대에 누워 웃을 수 있고 배울 수 있다는 사실이 그저 좋았다. 하지만 나는 침대에 누워 이런 생각을 한다. 더 많은 즐거움을 누릴 수는 없을까? 침대 위에서의 낭독회나 파티, 배달이 가능한 전시는 불가능한 것일까?

약

통증 탓에 침대 위에서 울고 소리를 지르는 날들이 늘었다. 류마티스 내과에서 처방받은 진통제를 아무리 오래 먹어도 크게 나아지지 않았다. 류가 학교에 가고 없던 어느 날, 창문에 두텁고 무거운 암막 커튼을 설치했다. 볕이 들면 밖을 나서고 싶어졌기 때문에 차라리 온종일 어두운 편이 나았다. 온통 캄캄한 자취방에 도착한 류는 왜 불을 꺼두었느냐고 물었고 나는 켜지 않았을 뿐이라고 답했다.

해결책과 이유를 알 수 없는 고통은 불안을 증폭시켰다. 상상의 나래를 끝없이 펼칠 수 있기 때문이다. 내일은 침대에서 일어나지 못한다 한들, 내년에도 내후년에도 침대에 못박혀 있는 상상은 나를 우울하게 만들었다.

류는 거의 매일 눈물을 쏟는 내게 신경정신과에 가야 한다고 수차례 말했다. 처음엔 그의 말을 듣지 않았다. 그가 내게 '정상'이 아니라고 말하는 것 같았다. 내가 그토록 치를 떨던 그 말! "넌 너무 예민해."라는 말이 자꾸만 떠올랐다.

'예민함'이라는 말에 치를 떨었지만 한편으로 그것은 나의 자랑거리이기도 했다. 친구들이 앞일을 잘 점치는 내게 샤먼이라고 부를 때마다 뿌듯해했던 것이다. 만약 약을 먹고 '나아진다면' 쉽게 둔감한 사람이 될 것 같았다. 내가 조금 닳을까 봐 걱정이 됐다.

그러나 시간이 갈수록 이 모든 생각이 사치로 여겨질 만큼 우울의 늪이 깊어갔다. 잘 먹지 않았고 잘 말하지 않았으며 다만 울기만 했다. 체중이 초등학생 시절의 숫자로 내려가기 직전이었고 내가 나 스스로를 위험하다고 느낄 때였다. 떨리는 마음으로 병원 예약을 잡았다.

신경정신과 의사인 류의 사촌형이 추천해준 병원이었다. 류의 손을 꽉 붙잡고 전철로 한 시간을 이동했다. 전철역에서 나와 4차선 도로의 횡단보도를 건너자 바로 병원이 나타났다. 그곳은 작지만 사람들로 북적이는 곳이었다. 곁눈질로 사람들을 쳐다보는 일을 멈출 수 없었다.

병원 소파에 앉아 들릴 듯 말 듯한 클래식 음악을 들으며 조금 긴장한 채 내 이름이 호명되기를 기다렸다. 약 5분여의 시간이 흐른 뒤 간호사가 내 이름을 불렀고 진료실로 들어갔다.

처음 보는 사람에게 나의 우울감을 설명하자니 어색하고 난감했다. 무엇을 말해야 하는지 알 수 없어 만성적인 통증에 관한 소개부터 했다. 우울감의 역사에 대해서도 간단히 소개했으며 사람이 많은 곳에서 쉽게 배가 아프거나 심장이 빠르게 뛴다고도 말했다.

약 3분간의 상담을 통해 항불안제와 항우울제를 처방받았다. 자의로 약을 중단하거나 증량하면 위험할 수 있다는 말에 시간과 용량에 맞게 착실히 약을 복용했다.

처방받은 약들은 내가 생각했던 것보다 사람을 크게

바꾸는 것 같지 않았다. 도저히 슬픔이 거두어지지 않았기 때문이다. 그런데 눈에 띄는 변화가 하나 일어나기 시작했다. 만성적인 위장 장애가 사라진 것이다. 매우 단기간에 벌어진 드라마틱한 일이었다. 죽이나 바나나 같은 것을 주식 삼던 나는 곧 무엇이든 씹을 수 있게 되었다.

위장이 편해진 게 너무 반가워서 약에 대한 거부감은 줄고 오히려 기대감이 늘었다. 다른 만성 질환들 또한 편해질 수 있을 거란 기대였다. 그러나 다른 일은 쉽고 빠르게 일어나지 않았다. 약에 대해, 그리고 질병에 대해 더욱 섬세하고 집요한 관찰이 필요했다.

동네

나의 첫 자취는 높은 언덕과 오래된 술집이 아주 많은
주택가에서 시작되었다. 집은 아주 습했다. 양각으로 장
미가 새겨진 하얀 비누 사이에 매일 새까만 곰팡이가 피
었다. 방문객이 있을 땐 손톱으로 곰팡이를 파낸 뒤 물로
씻어 다시 하얀 장미로 두었다. 오래된 목욕탕을 가벽 따
위로 개조한 그 집에서는 옆집의 쿠쿠가 밥이 다 되었음
을 알리는 소리, 일정한 박자의 신음 소리, 아기가 우는
소리, 강아지가 짖는 소리 같은 것들이 들렸다. 수많은 빌
라가 모두 다른 이름과 색을 가지고 있었고 높이만 일정

했다. 빌라 앞에는 언제나 가정용 의자나 평상이 있었다. 나는 작년의 아프고 한가한 겨울에 색색의 빌라들을 건너 백만 송이 장미공원으로 자주 산책을 갔다. 장미 없는 장미 공원이었다.

목욕탕을 개조해 만든, 가정 주택이 옹기종기 모여 있던 첫 자취방에서 버스로 15분 거리에 있는 대학가의 다세대 주택으로 이사를 했다. 새로 이사한 집은 화장실 문이 잠기지 않고 현관문이 잘 열리지도 닫히지도 않아 외출을 하려면 어깨와 골반으로 문을 세게 들이받아야 했지만, 곰팡이와 이웃 간 소음엔 취약하지 않았다. 어쨌든 더 나은 둘 중 하나를 선택해야 했다.

집에서 3분만 걸으면 정육점과 과일가게, 편의점과 약국이 있다. 5분만 걸으면 온갖 종류의 안주를 파는 술집과 야구게임장, 오락실과 노래방, 낚시방과 뽑기방이 즐비한 골목이 있다. 그 골목엔 분위기와 맞지 않는 건물이 딱 한 개 있는데 그것은 거대한 건축물을 지닌 대형 교회다. 놀랍게도 교회 앞은 언제나 담배꽁초나 깨진 유리병, 토사물 따위가 없다. 하지만 요란한 색감의 스테인드글라스가 그 이질감을 조금은 상쇄시킨다. 3분 거리의 과일가게에는 네 마리의 덩치 큰 고양이가 밖이나 안을 어슬렁거렸다. 주인아줌마는 언제나 가게 안 평상에 누워 있었고 주인아저씨는 여름이면 언제나 러닝셔츠 바람이었다.

굴과 바나나를 사러 간 어느 날 아줌마도 아저씨도 오랫동안 나타나지 않았다. 바나나와 자두가 가득 놓인 평상 위 두 마리의 고양이만이 동시에 나를 멀뚱히 바라보고 있었다. 나도 그들을 양껏 바라보다 이내 집으로 돌아왔다. 이웃 간의 소음은 없으나 늦은 밤 고성을 지르는 취객이 많았다. 도저히 참지 못한 주민이 결국 취객을 경찰에 신고하는 일이 반복되었다. 술집과 술집 사이 숨어 있는 내 빌라 입구는 청소년부터 노인까지 담배를 피우는 사람들로 붐볐다. 그들에게 비켜달라 양해를 구해 집으로 들어가는 일 또한 반복되었다.

하루 평균 두세 번꼴로 덕담하는 이들에게 손목을 붙잡혔다. 처음 이곳에 이사를 왔을 땐 어디선가 불쑥 나타

나는 그들의 등장에 크게 놀라는 일이 많았다. 나는 그때
마다 나 자신의 멱살을 부여잡으며 꽥하고 소리를 지르는
경우가 많았는데, 이 때문에 오히려 그들을 당황시키기도
했다. 시간이 갈수록 그들의 얼굴이 눈에 익어갔고 그들
을 마주치면 내 시야를 스스로 흐리게 한 뒤 빠른 속도로
지나쳐가는 경지에 이르게 되었다. 그러나 횡단보도 신호
를 기다리는 중에는 그들의 덕담을 피해 갈 수 없었다. 어
느 날 그들 중에서도 가장 낯익은 이가 신호를 기다리는
내게 재차 나이를 물었다. 나는 그녀에게 나이가 왜 궁금
한지 물었다. 그녀는 대답은 않고 불현듯 내 나이를 정확
히 맞췄다. 그리고 횡단보도를 건너며 내 발걸음만큼이나
빠르게 이야기를 이어나갔다.

"아가씨는 원래, 양기가 가득한 사람인데 지금 음기로
덮여 있거든요?"
그녀는 나의 귀와 검은 눈 밑을 보면 알 수 있다고 했
다. 나는 말했다.
"어쩌죠, 버스가 도착해 가봐야 할 것 같아요."

"아가씨 주위에 사람이 많은데 아가씨가 놓치고 있어. 잠깐 가지 말고 이야기 한번 들어봐요."

버스에 올라타 그녀의 말을 곰곰이 생각했다. 그러자 몇 년 전, 만성적인 위장 장애로 멀리까지 찾아간 한의원의 한의사가 떠올랐다. 그 한의사는 내 휴대폰을 달라고 한 뒤 개구진 표정의 셀피로 가득 찬 사진첩을 한참이나 뒤적였다. 이런저런 사진을 줌인, 줌아웃 하던 그녀는 내게 이렇게나 끼가 많은데 꾹꾹 누르고 사느라 고생이 많다고 했다. 그리고 실은 내가 소양인 체질인데 그간 소음인 행세를 오랫동안 해왔다고 했다. 후에 이어진 그녀의 질문들에는 '예/아니오'로만 재빠르게 대답을 해야만 했다.

나는 그것에 점점 싫증을 느꼈으며 그녀에 관한 신뢰가 떨어진 채 집에 돌아왔으나 그날 받아온 체질별 식단표는 냉장고 옆에 붙여둔 후 끈질기게 지켜나갔다.

어느 날 링크요정이라 불리는 친구 한 명이 '에고그램 테스트'라는 인터넷 심리 테스트를 메신저로 보냈다. 엄지로 예/아니오에 수차례 클릭을 하며 한의사에게 가졌던 비슷한 종류의 싫증을 느꼈지만 내심 결과를 기대하느라 끝까지 클릭을 멈추지 못했다.

나는 **BAABA** 타입으로, '겁이 많아 거물이 될 싹을 잘라버리는 타입'이 그것의 타이틀이었다. 세상의 평판이나 소문을 지나치게 의식하는 소심한 부분이 있기에 타인으로부터 칭송받는 것이 오히려 어렵다는 것이 글의 요지였다. 나는 좀 전의 싫증이 무색해질 만큼 고개를 세차게 끄덕이며 결과에 공감했다. 하지만 볼드체로 표현된 '거물'이란 단어는 그다지 원해본 적 없는 타이틀이었다. 거물이라고 하면 어쩐지 풍채 좋고 돈 많은 마피아가 떠오르기 때문인지도 모른다.

집 앞에는 중국 동포들을 위한 식당과 노래방도 많았다. 식당에는 양꼬치는 물론이고 돼지귀 무침이나 마라샹궈 같은 중국 본토 음식을 팔았다. 그곳의 메뉴판은 읽기 어려운 한자로 빼곡했다. 공기가 가득 주입된 길고 높다란 노래방 에어간판에도 중국어가 쓰여 있었다. 류는 초등학교 시절 중국 거주 1년, 중국학 전공 경력을 바탕으로 집 앞의 중국어 간판들을 자주 읽고 해석했다. 그리고 어느 날엔 한 노래방의 에어간판이 얼마나 어설픈지에 관해서도 이야기했다.

간판에 쓰여 있는 '중국 동포 환영'이라는 문장의 '환영'이 '기쁠 환'에 '맞을 영'이 아니라 '환상' 할 때의 '환'에 '그림자 영'이라는 것이었다. 류는 그것이 주인장의 바보 같은 실수라 생각했고 나는 어쩐지 의도된 중의법이 아닐까 생각했다. 그렇게 추측하는 까닭은 내가 사는 이 동네가 지명 앞에 '판타스틱'이라는 캐치프레이즈를 내걸고 있기 때문이다.

나는 그날 이후 그 간판에 관한 나의 추측에 아주 도취되었다. 허깨비 혹은 환상의 그림자란 뜻을 가진 단어가, 높고 커다랗고 게다가 빛나는 에어간판에 새겨져 있다는 게 멋져 보였기 때문이다. 그 모습은 그럴싸한 양자택일의 세계가 조금은 금이 가는 듯한 풍경처럼 보였다. 그래서 나는 깜깜한 밤 귀가를 할 적에 술집과 취객과 네 마리

의 고양이를 지나치다 문득, 뒤를 돌아 빛나는 환영을 바
라보고는 했다.

팥 주머니

.

머리가 불타는 꿈을 꿨다. 깨어보니 잠결에 뒤척이다 커버가 벗겨진 핫팩이 머리 밑에 깔려 있었다. 집에 있는 전기 핫팩은 불량품이다. 1부터 10까지 화상을 입을 만큼 일정하게 고온을 지속한다. 실수로 핫팩을 접어두었다가 그것을 씌운 흰 커버가 갈색으로 익어버린 적도 있다. 때 문에 커버를 두르는 것은 물론 그 위에 수건을 반 접어 깔 고 사용해야만 한다. 수건을 덧댄 불량품 핫팩은 겨울이 고 여름이고 배를 데우는 데에 사용되곤 했다. 위장 장애 가 사라진 뒤, 핫팩은 배에서 목과 어깨로 옮겨가 연중무

휴 사용되었다. 그러다 머리가 불타는 꿈을 꾼 것이다.

아무래도 전기 핫팩을 대체할 무언가가 필요했다. 나는 인터넷에서 팥으로 핫팩을 만드는 사람들의 정보를 입수했다. 목에 두를 만한 사이즈의 작은 핫팩이 갖고 싶었다. 그 이야기를 엄마에게 전달하자 팥을 가득 담은 페트병과 쓰지 않는 천을 가지고 내 자취방에 왔다. 그리고 손바느질로 머플러 모양의 팥 주머니를 만들어주었다. 나는 그것을 전자레인지에 돌린 뒤 목에 묶어 고정시켰다. 그러자 뒷목이 무거워 여간 불편한 게 아니었다. 휴대용으로는 적절치 못했으므로 베개 위 목 부위에 두고 잠에 들곤 했다. 잠을 자는 동안 고소한 붕어빵 냄새가 진동했고 점차 그것을 엄마 냄새로 기억하게 되었다.

머릿속이 혼란하여 참을 수 없이 괴롭던 어느 날 현실감각을 잠시 잊고 크게 소리치며 울었다. 무엇 때문에 괴로운지 정확히 알 수 없어 더 괴로웠다. 그것은 글로도 말로도 정확히 표현할 수 없는 괴로움이었다. 그것은 만화

적이었다. 꼬불꼬불 엉킨 선들이 머릿속을 가득 채운 느낌이었던 것이다. 나는 그 꼬불거리는 선들을 하얗게 지우고 싶었다. 내 옆에는 팥 주머니가 있었다. 분홍색 천에 강아지 그림이 그려진 주머니였다. 그것을 들고 말없이 흔들기 시작했다. 그러자 팥이 흔들리는 소리가 들렸다. 팥은 '팥팥팥팥' 하는 소리를 냈다. 정확히는 '삭삭삭삭' 소리를 내는 마라카스 소리와 더 가까웠지만 머릿속엔 팥이라는 글자가 가득 찼다. 그리고 그 팥 주머니를 흔들 때마다 고소한 엄마 냄새가 났다.

머릿속이 하얗게 지워지는 대신 팥이라는 글자가 가득 찼지만 엉켜 있는 선들은 점점 지워지고 있었다. 반복적인 소리와 냄새가 괴로움을 점진적으로 지우는 과정이 꼭 명상 같았다. 가끔 명상을 배울 때면 들숨과 날숨에 집중을 하거나 넷까지 반복적으로 수를 세야 했다. 방법은 다양했는데 다른 생각이 침범하지 않도록 한곳에 집중한다는 점은 같았다.

그날의 경험은 아주 인상적이었다. 괴로움을 지우기

위해 대부분 시각을 활용하던 내가 청각과 후각을 발동시켰던 것이다.

그날부터 이유를 알 수 없는 불길한 생각이 들거나 이유를 알 수 있는 불길한 생각이 들 때마다 나는 먼저 팥이라는 글자를 떠올린다. 주위에 팥 주머니가 있다면 그것을 흔들고 팥 주머니가 없다면 '팥팥팥팥' 하고 마음속으로 박자를 맞춘다. 팥 주머니는 목에 매달고 다니기엔 영쓸모가 없었지만 목과 어깨를 찜질할 뿐 아니라 괴로움을 지우는 훌륭한 도구가 되었다.

해변에서의 유희

　기타노 타케시의 영화 〈소나티네〉를 보던 도중 옆에 있던 류가 목 놓아 울었다. 나는 그때 레이지 글래시스를 쓰고 있었다. 전에도 말했듯, 양 옆이 가로막힌 거울 안경이었다. 때문에 그가 한동안 어깨를 들썩이는 줄도 몰랐다. 결국 그가 큰 소리로 울음을 터트렸을 때에야 안경을 벗은 나는 굵직한 눈물을 뚝뚝 흘리는 그를 볼 수 있었다. 그런데 실은 그때 나도 무식하게 생긴 그 안경 속에서, 조금은 훌쩍이고 있었다.

　영화 〈소나티네〉는 거칠게 말해 야쿠자 영화다. 포크

레인으로 바닷물에 사람을 빠트려 죽이는 젊고 멀건 타케시(이하 극 중 이름 무라카와)의 얼굴에서는 그 어떤 감정도 읽을 수 없다. 그것은 보고 있는 사람마저 마음이나 몸속 장기 어딘가를 텅 비게 만들어 속을 싸늘하고 쓰리게 하는 얼굴이다. 영화는 같은 방식의 표정으로 종종 총을 난사하고 어떤 군더더기도 없이 빠른 컷의 전환이 이루어지며 어떤 누군가가 순식간에 쓰러져 죽는다. 그리고 그 죽음을 지켜보는 타인의 시선이 잠깐 스쳐 지나간다.

무라카와의 일당들은 시퍼런 색의 시종 서늘한 실내, 그러니까 사무실이나 술집들을 전전하며 총을 난사하다 두목의 명령에 오키나와 해변으로 향한다. 그런데 빌어먹을 오키나와의 해변은 왜 이리 해가 쨍쨍한 것일까. 그러나 아무리 오키나와라고 할지라도 실내는 낮에도 무척 컴컴한 모습이다. 그곳의 천장에선 검게 고인 물이 뚝뚝 떨어질 것만 같다. 오키나와에서도 총질을 멈추지 않던 무라카와 일행은 그 쨍쨍한 햇볕 아래의 모래사장에서 스모를 하고 폭죽놀이를 하며, 그야말로 아이처럼 논다. 그리고 그때 류가 울음을 터뜨렸다.

다음 날 아침, 그 장면에서 하필 고양된 자신의 감정을 곰곰이 생각하던 류는 그 이유를 설명하고자 했다. 그는 말했다. "세상의 폭력이라는 것은 너무나 속수무책이어서, 그 차갑고 서늘한 세계를 잊기 위해 그들은 어쩌면 본능적으로 유희하는 게 아닐까?" 또 오키나와의 쨍쨍한 햇볕이라는 것은 사실 짙은 그림자와 어둠을 극대화시키기 위한 장치인 것 같다고, 그는 다시금 눈가가 촉촉해져서는 말했다.

곧 서른두 살이 될 나의 형제 훈은 언젠가 엄마와 단둘이 부산 해운대로 휴가를 다녀왔다. 그는 입시학원을 운영하는 부모 아래서 한때 천재로 불리다가 고등학교의 기말시험 날 백지를 제출한 뒤 돌연 뮤지컬과에 재학했다가 자퇴했다. 그는 가끔 내 손목을 부여잡고 엉엉 울었다. 한때 나이트 죽돌이로 활약하던 시절은 간 데 없고, 이제는 더 이상 오프라인 친구를 사귀지 않게 된 나의 형제는 담배를 피우거나 게임을 하거나 양푼에 밥을 한껏 때려 넣고 계란 프라이 두 장을 얹어 비벼 먹는 것 말고는 아무것도 하지 않은 지 오래였다. 그런데 엄마와 여행을 간다고 하니 놀라웠다.

엄마는 내 자취방에 찾아와서 그때의 여행담을 아주 짧게 이야기했다. 엄마는 모래사장에 앉아 아이를 지켜보듯 내 형제를 바라보며 여섯 시간 동안 짐을 지켰다고 한다. 그러는 동안 훈은 바닷가에서 쉴 새 없이 헤엄을 쳤다. 그리고 어느 순간 사라져서는 해변에서 열리는 경품 게임에 빠져 수건 두 장을 경품으로 받아왔다. 그는 너무나 즐거운 얼굴이었다. 늘 그렇듯 엄마는 찜질방에서 숙박을 해결했다. 목욕탕에서도 헤엄을 즐기던 나의 형제는 탕에서 나와 북적이는 찜질방의 사우나들 중 누구도 들어가지 않은 아이스방으로 향했다. 그리고 한 시간 동안 큰 소리로 지나간 록발라드를 열창했다. 엄마는 훈이 자꾸만 사라져 어디로 갔는지 주위를 살폈다. 훈은 그리 멀지 않은 안마의자에 앉아 이어폰을 꽂고 고개를 흔들며 리듬을 타고 있었다. 엄마는 안도했다. 집에 돌아온 그는 이렇게 말했다. "집 앞에는 해운대가, 집 안에는 아이스방이 있었으면 좋겠어."

그 말은 내게 오키나와 해변의 쨍쨍한 햇볕과 야쿠자들의 스모 그리고 폭죽을 떠올리게 했다. 그의 짧았던 부산 여행은 그를 괴롭혔던 나쁜 악몽들을 잊기 위한, 본능적인 유희가 아니었을까. 류는 쨍쨍한 해가 짙은 어둠과 그림자를 상기시킨다고 이야기했다. 하지만 반대로 서늘하고 지독한 어둠은, 뜨겁고 쨍쨍한 빛 같은 게 실은 어딘가에 있다는 것을 암시하는지도 모른다.

보드게임

S시 아파트에 있는 킹사이즈 침대 위에 네 명의 가족이
모두 올라와 있던 날을 기억한다. 아빠, 엄마, 나 순으로
바르게 누워 셋이 함께 이야기를 나누던 도중 컴퓨터 게
임을 하던 훈이 침대 밑 끄트머리에 합류했다. 나의 가정
에서는 욕설과 한숨, 부서지는 접시가 심심찮게 등장하는
날들과 모두가 한 침대 위에 올라 도란도란 이야기를 나
누는 날들이 공존하고 있었다. 그리고 이는 대부분 훈의
컨디션에 의해 좌지우지됐다. 그날은 부모님 집에 내가
오기를 목이 빠지게 기다리던 훈의 기분이 아주 좋았다.

내가 가족과 떨어져 살면서부터 훈은 나를 유난히 그리워
했다.

엄마는 내가 오랜만에 찾아간다는 소식에, '오빠가 1년
만에 자신의 방과 화장실을 청소했으니 갑자기 못 온다는
소리는 하지 말아 달라'고 당부했다. 오랜만에 찾아간 그
의 방에서는 정말로 수십 개의 담뱃갑과 컵 속에 아무렇
게나 쑤셔 넣은 수십 개의 꽁초들, 쌓아올린 옷가지들, 방
안을 굴러다니던 커다란 먼지들이 사라져 있었다.

내가 그 집에 가면 훈은 보통 온 가족이 함께 외식을
하거나 노래방에 가기를 간곡히 요청했다. 나와 단둘이
노래방에 가면 그는 수시로 종이컵에 가래침을 뱉으며 지
나간 록발라드나 힙합을 열창했다. 그의 모창은 수준급이
었다. 눈물이 들어간 가사를 모조리 콧물로 바꾸어 부르
는 레퍼토리는 언제 들어도 웃음이 났다. 나를 향한 그의
애정이 언제나 한결같은 것은 아니었다. '우리 다울이'로
시작되는 돌림노래와 '부시 같은 년'으로 시작되는 욕설을
같은 날 함께 들을 수 있었다. 그런 그의 얼굴은 트럼프를

닮았다.

　가족 모두가 오른 침대에 누워 있던 엄마는 문득 옛 생
각에 젖었다. "이렇게 다 같이 누워 있으니까, 옛날 생각
나지 않아? 다울이 너 초등학교 때, 혼자 중국 갔다 왔을
때, 네가 한동안 혼자 잠 못 자서 거실에서 이불 펴고 다
같이 자던 때, 네가 맨날 온 가족이랑 보드게임을 하고 싶
어 해서 퇴근하자마자 아빠가 달려왔잖아." 나는 그 시절
을 떠올리자 곧바로 울고 말았는데 가족들에게 미안했기
때문이다. 밤이면 가족들과 신나게 보드게임을 하다 낮이
되면 방부터 거실까지 악을 쓰며 구르던 나였다. 그 시절
우리 집의 변덕은 내 컨디션에 따라 좌지우지 되었는데,
엄마는 왜 온 가족이 누워 있는 침대 위에서, 그때의 날들
이 행복했다고 말하는 걸까.

　보드게임은 정서적으로 불안했던 시절의 나를 안정시
켰다. 가족들과 게임에 몰두하다 보면 불안감보다 승부욕
이 더 커졌기 때문이다. 그때 가지고 있던 몸의 기억을 여

전히 가지고 있는 것 같다. 불안하고 우울한 날이면 여전히 보드게임을 해야 하기 때문이다. 류와 보드게임을 하기 위해 동네 문방구나 온라인 구매처, 중고나라를 열심히 뒤졌다. 그러나 정식 보드게임은 중고도 값이 아주 비쌌다. 류와 함께 뭐든 다 있다는 다이소로 향했다. 놀랍게도 그곳에는 유명한 보드게임의 짝퉁이 즐비했다. 짝퉁 〈클루〉, 짝퉁 〈인생게임〉, 짝퉁 〈부루마블〉이 있었다. 모든 캐릭터의 생김새가 초등학교 영어 교과서에 나오는 밝고 유쾌한 얼굴의 캐릭터와 비슷해서 전혀 긴장감이 없을 것 같았다. 하지만 값은 정품의 거의 10분의 1이었다. 당장 짝퉁 〈클루〉와 미니 체스를 샀다.

아주 불안하고 우울한 날이 아니더라도 보드게임은 언제나 즐겁다. 류에 따르면 나에게는 보드게임 인격이 따로 있다고 한다. 승부욕이 극에 달하고 비열해진다는 것이다. 집에 종종 손님이 오면 여행지에서 사온 여행용 미니 〈루미큐브〉, 다이소에서 사온 짝퉁 〈클루〉, 초등학교 때 뽑기 머신으로 뽑은 〈부루마블〉을 꺼내곤 했다. 나는 시간을 재기 위해 모래시계까지 구매했는데, 막상 손님들은 얼마 안 가 지루해하고 말았다.

나는 밤이 새도록 보드게임을 하고 싶었다. 그러나 나의 몸이 허락하지 않으므로 나 또한 적당히 하고 식탁 바로 옆의 침대에 드러눕곤 했다. 체스 게임은 꽤 오래 겨룰 수 있었다. 다이소에서 산 미니 체스의 판과 말에 무려 자석이 달려 있기 때문이다. 류와 나는 침대에 누워 체스를 자주 두었다. 그와 여행을 갔을 때도 긴 비행시간 동안 체스를 두었다. 그와의 체스 게임에서 나는 대부분 지고 말았다. 그러나 승부욕에 불타는 나는 그가 지칠 때까지 재시합을 요청하곤 했다.

불을 끄고도 온갖 생각에 잠이 오지 않는 밤이면 보드게임이 아닐지라도 어떤 게임을 해야만 했다. 끝말잇기나 스무고개, 이야기 만들기 같은 것들이었다. 인물과 관련된 스무고개는 내가 월등했고 동물과 관련된 스무고개는 류가 월등했다. 이야기 만들기는 대략 다음과 같이 진행되었다. 내가 류에게 세 가지 키워드를 준다. 그것은 콧물, 먼지, 코딱지다. 류는 금세 이야기의 도입을 연다. "코딱지 박사는 사람들 콧속에 스며든 각종 먼지들을 채집하는 사람이야. 코딱지 주인이 머물렀던 장소나 기후, 신체의 컨디션을 기록하면서 그만의 방식으로 그것들을 수치화하지." 그는 말도 안 되지만 진지하고도 추잡한 이야기를 이어나간다. 그럼 나는 온갖 두려움에서 벗어나 그의 이야기로 빠져든다. 나도 그에 질세라 즉흥적인 이야기를 짓는다.

하루는 SF 이야기를 짓겠다고 했다. 먼저 퇴화된 신체를 떠올렸다. 그것은 '이'였다. 배경은 로봇이 인간의 모든 노동을 대체하게 된 미래세계. 모든 로봇과 식량, 의료 시스템이 국유화되고 예산 문제로 인해 국민들에 보급되는 식량은 씹을 수 없는 죽의 형태로 제공된다. 그리하여 국민들의 이는 점점 퇴화되고 마는데…. 정부는 건강상의 이유로 모든 국민에게 틀니를 제공한다. 그리고 아삭함을 사무치게 그리워하던 어떤 이들이 은밀한 범법행위를 계획한다. 그 계획은 바로 로봇이 일군 정부 소유의 생산물을 빼돌려 와작거리는 최후의 만찬을 준비하는 것!

대답이 없는 류는 이미 꿈나라에서 자신만의 이야기를 만들고 있다. 그리고 나는 그의 곁에서 잠시, 가족들과 이불을 펴고 다함께 잠들던 시간을 기억해낸다.

중국 유학

나는 3개월간 중국 유학생이었던 적이 있다. 초등학교 5학년 때의 일이다. 우리집이 경제적으로 가장 안정적이었을 때, 나는 이런저런 캠프에 다니곤 했다. 영어 캠프에서는 '그레이스'라는 이름을, 중국어 캠프에서는 '뚜어 위에'라는 이름을 사용했다. 중국어 캠프는 중국 현지의 기숙학교에서 진행되었는데 학교 이름은 청도국기외국어학교였지만 청도와 조금 가까울 뿐 청도는 아니었다. 캠프에 다녀온 뒤 감상문에 '다시 한 번 가고 싶다'라는 전형적인 문장으로 글을 마치자 엄마는 진심으로 나의 중국

유학을 고심했다. 나는 토론토든 필라델피아든 청도든 새로운 곳으로 떠날 준비가 되어 있었다. 어린 나이에 가족과 떨어져 지내는 것은 아주 멋진 일 같았다. 나는 곧 청도국기외국어학교에 입학하게 되었다. 중국어로는 '칭따오 궈-지 와이위 쉬에샤오'였다.

학교는 거대했다. 사방이 공터뿐이어서 더 그렇게 보였을지 모른다. 학교 주변에는 아무도 사는 것 같지 않았다. 건물 안에는 계단이 아주 많았고 층계참 또한 넓었다. 한 층을 오르기 위해 층과 층 사이의 넓고 하얀 벽을 손으로 쓸며 걷고 또 걸어야 했다. 학교 식당은 별개의 건물이었는데 그곳 역시 콘서트장을 방불케 할 정도로 컸다. 원형으로 지어진 식당 건물은 고대 원형 극장과 구조가 닮아 있었다. 그곳에는 식사는 포기해야 할 정도로 매우 길고 가파른, 회색의 콘크리트 계단이 있었다. 계단의 끝에는 피아노가 놓여 있었고 누군가 종종 그 피아노를 연주했다. 원형 식당의 반절은 중국인이 중국식 식사를, 반절은 한국인이 한국식 식사를 했다. 식당에선 언제나 시멘트 냄새와 오래된 기름 냄새가 났고 식사로는 기름이 둥둥 뜬 스크램블 에그나 햄 조각 같은 것들이 나왔다. 학교는 크고 높았지만 기숙사의 방은 나무 침대 네 개와 캐비닛 네 개가 들어갈 공간과 그 사이를 지나쳐 갈 공간뿐이었다. 나는 나보다 한두 살 많거나 적은 한국인 초등학생들과 한 방을 썼다. 매일 이불에 각을 잡고 빗자루와 대걸레로 방을 닦았다. 그럼 사감선생님은 점수를 매겨 방문 앞 칠판에 점수를 적어놓았다.

열흘간 공부하고 나흘간 쉬었다. 열흘 동안은 꼼짝없이 그 크고 높은 건물에 갇혀 있어야 했다. 쉬는 날의 외출은 외진 곳을 벗어나 조금 덜 외진 곳으로 향하는 것이다였다. 학교 앞에서 삼륜차를 잡아 시내로 나가곤 했는데, 그 차는 딸딸이라 불렸다. 걸핏하면 뒤집어진다는 중국의 삼륜차는 이름 그대로 딸딸거리며 도로를 질주했다. 시내 외출의 동선은 딱 네 가지였다. 슈퍼마켓, 케이크 가게, 탕수육 가게 그리고 바닷가.

슈퍼마켓은 딸딸이를 타고 도착하자마자 향하는 곳이

었다. 그곳은 어두웠고 햄스터 냄새가 났다. 그 슈퍼마켓에서 중학교 1학년 남학생은 고등학교 1학년 남학생의 심부름으로 담배를 훔쳤다. 먼지 묻은 별모양 비타민도 훔쳤다. 나는 그 슈퍼마켓에서 열흘간 먹을 해바라기 씨와 쌀 과자를 샀다. 그 주에 누군가 생일을 맞이한다면 다음 행선지는 케이크 가게다. 화장실 두 칸만 한 공간에서 제빵사 한 명이 크고 네모난 생크림 케이크를 만들어 팔았다. 제빵사는 푹신푹신한 직사각형 빵 위에 새하얀 생크림을 바르고 분홍색과 연두색 크림으로 그 위를 장식했다. 케이크를 사면 늘 연꽃 모양의 플라스틱 초를 받았다. 초 또한 분홍색 꽃잎에 연두색 잎을 달고 있었고 연꽃 봉우리 속에 불을 붙이면 활활 타오르다 어느 순간 연꽃이 활짝 피어오르는, 그런 초였다.

다음 행선지인 탕수육 가게 또한 작았다. 화장실 네 칸만 했다. 맛이 기막힌 탕수육을 팔았는데 치토스 과자처럼 생긴 데다 걸쭉한 소스가 아닌 소금 후추에 찍어먹는 특이한 탕수육이었다. 우리는 늘 그 탕수육만 시켜 먹었는데 다른 메뉴는 읽을 수 없었기 때문이다. 어쩌면 그 음식의 이름이 탕수육이 아닐지도 모른다는 생각이 든다. 탕수육을 다 먹고 바닷가로 가면 양동이에 바다고동을 잔뜩 담은 중년 여성들이 모래 위를 걸어 다녔다. 고동을 한 봉지 사면 구멍이 뚫린 병뚜껑을 줬다. 그 병뚜껑 구멍에 고동을 끼워 넣고 뾰족한 부분을 뚝 부러트려 빨아먹었다.

학교의 중고등학생들은 초등학생들과 달랐다. 그들의 침대 밑에는 맥주가 한 박스씩 있었고 담배를 피우다 자주 정학을 당했다. 초등학생이자 전학 온 지 얼마 안 되었던 나는 유달리 그들의 귀여움을 독차지했다. 수업을 마치고 수목원을 지나칠 때 그곳에 걸터앉은 열댓 명의 남자 중고교생들 모두가 기립하여 나를 반기는 식이었다. 그들은 종종 교실에 찾아와 교실을 닦던 걸레를 빨아주거나 손바닥만 한 가방을 대신 메줬다. 그들이 종종 내 머리나 얼굴을 쓰다듬을 땐 목에 난 솜털이 바짝 섰다.

세 달간 총 네 번의 구애가 있었다. 두 명은 한국인이었고 두 명은 중국인이었다. 그중 두 명은 손편지 바람이 강하게 불던 때 내게 줄기차게 편지를 보냈다. 모두가 매일 정성스레 손편지를 주고받던 때였다. 같은 방을 쓰는 룸메이트들끼리도 매일같이 편지를 주고받았다. 편지를 접는 기술은 나날이 발전하여 네모반듯하게 접은 편지는 편지 같지도 않았다. 일본의 오리가미처럼 입체적인 편지 접기 기술을 서로가 배우고 또 발명해냈다.

방을 함께 쓰던 룸메이트들이 나를 싫어하기 시작한 것도 그 즈음이었다. 나의 공식적인 죄는 룸메이트 중 누군가 '몽쉘통통'을 달라고 손을 뻗었을 때 농담 삼아 가운데 손가락을 날린 것이었다. 그리고 그날 이후, 학교에 그들의 엄마가 찾아오면 침대에 앉은 내게 손가락질 하며 나에 대해 논했다. 나의 엄마는 중국으로 쉽게 찾아올 수 없었고 나는 방 앞에 비치된 전화로 매일 밤 국제전화를 할 뿐이었다. 그리고 내가 엄마와 통화를 할 때면 룸메이트들은 자신의 동생을 시켜 전화기 주위를 뱅글뱅글 돌게 했다. 또한 내 앞으로 전달된 구애의 편지를 먼저 읽어보고는 침대 위에 아무렇게나 던져놓았다. 편지 속 일정한 선들만이 그것이 얼마나 정성스레 접혀 있었는지를 알려주었다. 그날부터 나는 나를 향한 세상의 모든 구애가 수치스러워지기 시작했다. 그 후로 전달되는 모든 연애편지와 간식을 읽지도, 먹지도 않고 쓰레기통에 넣어버렸다. 그 수치는 좀체 사라지지 않았다.

나는 여전히 중고교생들에게 귀여움을 독차지하고 있었지만 내 룸메이트들은 점점 나를 미워했다. 나는 미움을 덜 받기 위해 눈치를 보기 시작했다. 모든 장난기를 거두었고 말도 점점 줄었다. 나는 엄마가 챙겨준 한약을 수돗물로 데우며 울고 택배로 받은 멸균우유나 컵라면을 먹으며 울었다. 세 달이 3년처럼 길었다. 그렇게 매일 서글프게 울자 죄책감과 같은 감정들이 선명하게 드러나기 시작했다. 밤마다 떠오르는 지난 나의 죄들이 나를 잠 못 들게 했다.

이를테면 검도학원에서 비장한 자세를 연습하다 휘두른 목검에 맞아 코에 멍이 든 아이가 끊임없이 떠오르는 것이었다. 나는 매일 전화기 앞에 서서 엄마에게 눈물을 흘리며 나의 죄를 털어놓았다. "엄마 자꾸 수가 떠올라요. 제 목검에 맞은 애요." 엄마는 나를 데리러 오겠다고 했다. 배를 타고 오겠다고 했다. 배를 타고 오겠다던 엄마는 비행기를 타고 왔다. 그녀는 통이 넓은 체크무늬 바지를 입고 있었는데, 그것은 마치 잠옷처럼 보였다. 나는 그때 엄마의 얼굴이 부패했다고 느꼈다. 상한 과일 혹은 야채 같은 것이 떠올랐다.

교장은 학비를 돌려주지 않았고 엄마는 나를 붙잡고 억척스럽게 걸어 공항에 도착했다. 왜 이륙시간을 몰랐는지 잘 기억은 안 나지만 나는 승무원에게 어설픈 중국어로 "이 비행기는 언제 이륙하나요?" 하고 물었고 승무원들은 못 알아들었다. 어쨌든 비행기는 이륙했고 나는 한국에 왔다. 아빠는 한국에 도착한 나를 자신의 동창회에데려갔다. 나는 중국에서 먹지 못한 양념갈비를 양껏 먹었다. 아빠는 그의 친구들 앞에서 중국 노래를 시켰다. 나는 자리에서 일어나 두 손을 맞잡고 공산당을 찬양하는 노래와 중국 민요인 '모리화', 중국 가요인 '첨밀밀'을 불렀다.

세 달간의 경험은 아주 강력했다. 한국에 도착한 후에도 눈물이 멈추지 않았다. 가슴을 치며 무언가를 쏟아내

듯 그렇게 울었다. 엄마는 화장실 앞에서, 학교 앞에서 불안이 가득한 나를 기다리고는 했다. 엄마의 손을 잡고 방문한 신경정신과와 상담센터에 들어가서도 나는 무작정울기만 했다.

엄마와 상담을 먼저 진행한 전문가들은 언니들에게 시기와 질투를 받았냐고 물었고 나는 극구 부인했다. '언니들'은 모두 중국에 있었지만 그들에게 감시당하고 있다는 생각을 떨칠 수 없었다. 전문가들이 나를 재수 없다고 생각할 것 같기도 했다. 나는 상담사에게 지구 밖에서 살고 싶다는 말 외에는 아무 말도 하지 않았기 때문에 결국 상담을 중단할 수밖에 없었다. 불안은 점점 커졌다. 타인 앞에서 말을 할 때면 실수를 하거나 미움을 살까 봐 심장이빠르게 뛰었다.

어린이 시절의 나는 미움도 사랑도 받고 싶지 않다고 자주 생각했다. 여기저기 눈치를 보느라 내 앞에 앉은 친구의 말을 들으며 비교적 먼 거리에 앉은 누군가의 말도 동시에 듣는 재주가 생겼고, 낯선 사람 앞에서 쉽게 속이 얹히거나 손을 덜덜 떨고는 했다.

피임

열네 살부터 열여덟 살까지 여자 기숙사에 살았다. 좁은 방바닥에 대여섯 명 분의 이불을 펴면 한 사람은 꼭 신발장 옆에서 잠들어야 했다. 우리는 서로 브래지어 끈을 풀어주거나 겨드랑이 털을 족집게로 뽑아주는 등 아주 사적이고 가까운 관계를 이어나갔다. 한 학년에 스무 명도 안 되는 5년제 중고 통합 대안학교였다. 물리적인 거리가 가까운 만큼 크게 싸우는 일도 많았다. 그럼에도 스무 살까지는 여자 동기들끼리 언제나 크리스마스를 함께 보냈다. 스물한 살이 되자 거짓말처럼 각자의 크리스마스를 보내게 되었다. 함께 보내는 마지막 크리스마스였던 스무 살의 건배사는 "피임하자!"였다.

그곳에 모인 일곱 명의 여자 중 섹스를 해본 사람은 한 명뿐이었다. 그녀를 제외한 모두가 섹스에 굉장한 호기심을 가지고 있었다. 섹스 유경험자의 피임 경험담을 들으며, 피임도 섹스를 해야 가능한 것임을 실감했기에 몇몇은 섹스가 하고 싶다는 말 대신 "나도 피임 좀 하고 싶다."라는 말을 중얼거렸다.

시간이 지나고 알게 된 피임 방법은 생각보다 다양했다. 내 곁의 여자 친구들은 몇 년간 경구 피임약을 먹거나 자궁이나 팔뚝에 피임 기구를 삽입했다. 시술을 받은 친구들은 적어도 2, 3년간 콘돔이 필요 없었다. 나는 그녀들이 더 이상 쓰지 않는 콘돔을 얻어오고는 했다. 내가 가져온 콘돔은 종류별로 다양했는데, 동물 실험을 하지 않는 비건 콘돔, 돌기형 콘돔, 분홍색이나 파란색 등의 컬러 콘돔이 있었다. 그 콘돔들을 유심히 보던 중 조금 특이한 콘돔을 발견했다. 그것은 '패밀리 플래닝Family planning'이라고 적혀 있는 컬러 콘돔이었다. 포장지에는 남녀 사이에 아이가 손을 맞잡고 있는 그림이 그려져 있었다. 나는 그 수상쩍은 콘돔을 수집용으로 보관하기로 했다.

그러던 어느 날 류가 그 콘돔을 사용했다는 것을 알게 되었다. 나는 금세 패닉 상태로 접어들었다. 그 콘돔은 분명 아이를 가지려는 자들을 위한 이벤트용 콘돔이 분명했다. 콘돔에는 의도적으로 구멍이 뚫려 있을 것도 분명했다. 그 순간 임신에 관한 모든 절차와 그 이후의 일들이 머릿속을 스쳐 지나갔다. 낙태에 관하여 혹은 출산에 관하여 나는 누구를 찾아야 할까. 언제나 피로하고 아픈 몸으로 임신과 출산은 가능한 것일까?

나는 류에게 패밀리 플래닝이라는 글자가 적혀 있는 것을 보여준 뒤 여기엔 분명 구멍이 뚫려 있을 것이라며, 우는 얼굴로 그를 다그쳤다. 류는 나를 진정시키려, 물을 넣어 물이 새는지 새지 않는지를 확인해보자고 했다. 우리는 화장실에 가서 콘돔에 물을 가득 채워 넣고 물이 새는지 확인했다. 류는 입구를 꽉 잡고 콘돔을 세게 흔들거나 세게 쥐어짰다. 콘돔은 늘어날 대로 늘어져 조금씩 출렁거렸다. 다행히 단 한 방울도 새지 않았다.

나는 류를 보며 스무 살의 크리스마스를 떠올렸다. 정확히 말하자면 그날 단 한 명의 섹스 유경험자였던 한이 떠올랐다. 한은 학창 시절 말이 그리 많지 않았다. 그러다 좋아하는 남학생이 있으면 대뜸 고백을 하는 대담함을 보여주었다.

그녀는 그날도 한동안 말이 없다가 자신의 모텔 경험담을 상세히 묘사하기 시작했다. 모텔에서 주는 콘돔은 믿을 만한 게 못되기 때문에 필히 콘돔을 사가야 한다고 말했는데 대신 모텔 콘돔은 풍선을 부는 것에 주로 사용한다고 했다. 또한 그녀는 애인의 정액을 종이컵에 넣고 관찰하는 재미에 빠졌다고 했으며 먹어도 무방한 수용성 러브젤의 향과 맛에 대해 이런저런 평을 했다. 콘돔으로 만든 풍선과 종이컵에 담긴 관찰용 정액, 러브젤의 다양한 향과 맛들이 내 머릿속 모텔을 채우고 있었다. 그것은 내가 평소에 생각하던 모텔의 풍경과 달랐다. 그녀가 묘사하고 있는 모텔은 어쩐지 키즈카페 같은 곳을 연상시켰다.

패밀리 플래닝 콘돔에서 물이 새어나오지 않는다는 것을 확인한 나는 의도치 않은 임신의 공포로부터 점차 벗어났다. 분홍색의 콘돔을 사무라이처럼 빙빙 돌리는 류를 보며 박장대소까지했다. 내 삶의 불안을 결정지어줄 그 물건은 허무할 정도로 얇았다. 그러나 동시에 아주 질겼다. 무한대 모양으로 돌아가는 통통한 콘돔은 꽤나 귀여운 모양새였다. 류를 잠시 멈추게 한 뒤 그것을 손으로 건드려보았다. 물풍선과 다름없었다.

내가 그때 스무 살의 한을 떠올렸던 것은 류와 함께 콘돔에 물을 채워 넣고 짜고, 누르고, 흔들고 빙빙 돌리는 그 모든 과정이 그녀가 묘사한 재밌는 유희의 풍경과 비슷했기 때문이다. 나는 화장실 안에서 안심과 즐거움을 동시에 느끼며 그래도 다음번엔 부디 의심의 여지가 없는 콘돔을 사용해 피임하고 싶었다.

토끼

지난 몇 년간 인간을 제외한 동물에 큰 감흥을 느끼지 못했다. 서로의 언어가 달랐기 때문이다. 나는 그 시기에 사람도 말이 잘 통하지 않으면 큰 감흥이 없었다. 대다수 동물들에게 귀여움을 느끼곤 했지만 어떤 대상을 귀여워하는 이유가 무엇인지부터 알고 싶었다. 어려서부터 부모님이 나를 두고 귀여워하며 웃으면 비웃지 말라고 크게 소리를 쳤다. 나보다 나이가 한두 살 많은 이들이 내게 귀엽다 말하면 뒤에서 콧방귀를 뀌었다. 어린애 취급받는 것이 자존심 상했기 때문이다.

'귀여워하는 것'에는 분명 위계가 작동하고 있었다. 애교를 요청하는 자와 부리는 자 사이의 위계처럼 말이다. 때문에 유튜브로 '귀여운 동물 동영상'을 보며 심신을 달랠 때, 한편으론 마음이 영 불편해졌다. 개나 고양이가 멍청하면 멍청할수록 웃음이 터지는 나를 발견했기 때문이다. 그런데 귀여움의 핵심은 그것이 아니던가? 모든 것에 철저히 능숙한 이들을 보면 귀엽다는 생각이 전혀 들지 않는다. 어딘지 어색한 모습과 솔직한 빈틈을 보이는 자들만이 사랑스럽고 귀여운 것이다.

소스타인 베블런의 책 《유한계급론》을 읽은 적이 있다. 그에 따르면 노동을 터부시한 유한有閑계급은 뭐든 무용해야 좋았다. 생산성이 없는 스포츠와 도박, 불편한 코르셋은 그들이 노동하고 있지 않음을 과시하고 증명했다. 그들은 소나 돼지와 같은 유용한 가축은 키우지 않았다. 그 대신 작고 귀엽고 무용한, 개를 키웠다. 그러나 나의 친구들은 부를 과시하고자 반려동물을 키우고 있지 않았다. 그들은 사료 값을 벌기 위해 열심히 노동했다. 개의 오줌을 누이겠다며 술을 마시다 말고 먼 길을 갔다. 키우던 반려견이 죽었을 땐 오랜 기간 눈물을 흘렸다.

지난여름의 찌는 더위를 두고 사람들은 자신을 한반도의 만두라 칭했다. 그 여름날, 속까지 뜨거운 만두 같은 몸을 이끌고 P시로 향했다. 류의 부모님과 반려견 봉이 사는 곳이었다. 류의 부모님이 집을 비웠고 류의 퇴근이 늦어져 봉을 돌봐줄 사람이 없어 내가 봉을 돌보기로 했다. 봉에게 사료를 부어주고 토마토와 오이를 씹어 먹으며 그림을 그렸다. 봉은 내 곁에 앉아 뜨거운 숨을 내쉬며 침을 뚝뚝 흘렸다. 나는 먹던 토마토와 오이를 작게 잘라 봉의 입으로 던져 넣어주었다. 그는 산보라는 말에 가장 크게 반응했다. 짧은 다리로 미끄러지듯 목줄이 있는 현관으로 향했다. 우리 둘은 나무가 많은 산책로와 온통 초록인 묘지를 함께 걸었다.

밤늦게 류가 P시에 도착했고, 함께 잠에 들 준비를 했다. 봉은 우리 둘 사이의 이불을 헤집어놓다가 갑자기 나

103

의 팔 위로 퍽하고 쓰러져 누웠다. 그 푹신함과 무게감에 몸과 마음이 움찔거렸다. 봉은 내 팔에 점점 자신의 몸을 밀착시켰다. 봉과 같은 언어로 소통할 수는 없어도, 이렇게 몸을 맞대며 소통할 수 있다고 느껴지는 순간이었다. 좀처럼 눈을 감지 않는 봉을 위해 '섬집 아기'를 부르기 시작했다. 그러자 류도 작은 소리로 따라 부르기 시작했다. 봉은 노랫말처럼 '팔 베고 스르르르' 잠이 들었다. 빠르게 돌아가는 선풍기 소리가 방 안을 가득 메웠고 봉의 몸통이 위아래로 천천히 움직였다.

P시에서 돌아온 류와 나는 물가로 산책을 나갔다. 집 밖 15분 거리에는 청계천과 비슷한 산책로가 있었다. 그곳에는 작은 물고기들 수백, 어쩌면 수천 마리가 빠르게 꿈틀대고 있었고 이 광경을 오랜 시간 한 자세로 지켜보는 작은 아이들이 있었다.

그러던 어느 날, 물가에 통통한 토끼가 나타났다. 토끼는 얕은 풀숲에서 사람들이 건네는 플래시 세례나 크래커 조각, 손길을 마다하지 않고 있었다. 크래커를 건네던 사람 말로는 2주째 같은 자리에 있다고 했다. 류와 나는 사람 손을 잘 타는 이 토끼를 데려가야 하나 잠시간 고민하다 자리를 옮겼다.

　　태풍 소식이 들려왔다. 사람들은 각자의 방식으로 태풍을 대비했다. 그리고 류와 나는 물가에서 보았던 토끼를 떠올렸다. 우리는 토끼를 태풍으로부터 보호하기로 마음먹었다. 감기로 으슬으슬해진 몸을 이끌고 가랑비가 내리는 물가로 향했다. 대낮의 하늘은 어두웠고 끈적한 공기가 온몸을 휘감았다. 토끼를 집에 데려오게 될지도 모른다는 생각에, 토끼를 키우는 친구에게 전화를 걸었다. 그녀는 '추'로 끝나는 것들을 먹이로 주면 안 된다고 강조했다. 혼란한 마음을 진정시키기 어려웠다. 나 자신을 지키는 것도 어려운 지금, 다른 이를 보살필 수 있을지에 관한 불안이었다. 토끼와 함께하게 될 일상을 반복하여 상상했다. 토끼가 있던 얕은 풀숲에 도착했을 때, 토끼는 없고 배추 한 조각과 많은 양의 토끼 똥만 그곳에 남아 있었다. 토끼의 똥은 코코볼이라는 이름의 시리얼과 아주 비

슷했고 온종일 세어도 헤아리기 어려울 만큼 많은 양이
있었다.

콘크리트 벤치에 앉아 느리게 부채질을 하고 있던 중
년 여성들에게 다짜고짜 물었다. "혹시 건너편에 있던 토
끼를 보셨나요?" 그중 한 명이 답했다. "봤어요. 주인이
있는 건지, 없는 건지, 언제는 한 아저씨가 그 토끼를 품
에 안고 산책을 했어요." 건너편 풀숲으로 돌아가 다시 한
번 토끼를 찾아보았다. 열심히 불러도 토끼는 보이지 않
았고 누군가 벌써 데려갔거나 비를 피해 숨어 있을 것이
라 추측했다.

나는 그때 걱정과 함께 조금은 안심했던 것 같다. 봉과
그랬던 것처럼, 작고 통통한 토끼와 소통할 수 있으리라는
확신이 없었다. 내 뜻대로 보살펴도 반려동물이 행복할 수
있을지 의심을 떨치기 어려웠다. 토끼가 위험에 빠질 수도
있는 상황에서, 안심하는 마음이 생기자 죄책감이 들었다.
그리고 태풍이 비껴간 몇 주 뒤, 물가에 살던 토끼를 임시
보호하고 있다는 글이 한 블로그에 올라왔다.

공작

나는 가위질, 바느질, 다림질과 같이 반복과 섬세함을 요하는 집중력이 높지 않다. 쉽게 참을성을 잃고 그만두는 것이다. 특히 공간지각 능력이 없어 직육면체를 그리는 데 오래 걸렸고 지금도 길을 자주 잃는다. 그럼에도 무언가 만들고 싶은 욕구는 늘 존재했다. 엉망인 바느질로 인형과 지갑을 만들어 선물하거나 버리는 박스 안에 돋보기를 넣어 간이 빔 프로젝터를 만들고 놀았다.

류 또한 손으로 무언가 만드는 것을 좋아했다. 류가 나와 다른 점이 있다면 그는 아주 치밀하고 섬세한 사람이라는 것이다. 그와 첫 겨울을 나며 그것을 눈으로 확인했다. 우리는 추위라는 괴수를 물리치는 마음으로 침대 옆 창문 밑에는 뽐블럭을, 창틀과 현관 틈에는 문풍지를, 창에는 단열 비닐을 붙였다. 그는 정확한 부착 능력을 뽐냈다. 나는 감탄에 차 그것을 구경하며 바람과 함께 수많은 공포와 불안이 스며들 틈새 또한 막아주었으면 하고 바랐다.

류가 정확한 부착 능력을 보였던 데에는 이유가 있었다. 바로 창작 레고에 일가견이 있었던 것이다. 무려 해외 매거진에 자신의 창작 레고 작품이 실린 적이 있다. 당시 그는 학교를 자퇴하고 홈스쿨링을 시작했던 때였다. 그때의 그는 모두가 잠을 자던 새벽녘, 침대 위에 먹을 것을 잔뜩 가져다두고 레고 작품에 빠졌다. 레고 웹사이트에 들어가 사람들이 만든 창작물을 혼자 비평하거나 직접 창작물을 만들었다. 대회에 출품하기만 하면 1등을 차지했다. 오랜 시간 혼자 지내다 보니 그는 자주 외로웠고 동시에 세상이 풍족해지는 듯한 느낌도 자주 받았다.

류는 청소년 시기 동안 레고를 통해 자신만의 작은 세

계를 구축해나갔다. 레고의 블럭 조각들이 정확히 들어 맞는 질서정연한 세계를 신나게 가지고 놀았다. 무질서한 것들은 그를 불편하게 만들었다. 류는 여행을 크게 좋아하지 않았고 새로운 음식에 대한 모험을 즐기지 않았다. 그가 가장 즐기는 음식은 어디를 가든 최대한 같은 맛을 구현해내는 맥도날드사의 햄버거였다.

류의 훌륭한 레고 작품들을 구경하며 옛날처럼 무언가 만들고 싶다는 욕구가 강하게 들었다. 긴 시간과 섬세함을 요하는 가위질이나 바느질은 내 몸에 아직 무리였다. 나는 문방구에서 하얀 지점토를 사왔다. 침대에 좌식 탁자를 올려두고 지점토에 물을 묻혀가며, 이것저것 만들어 굳혔다. 누워서도 무언가 만들 수 있을 만큼 유연한 질감이 아주 마음에 들었다. 류는 지점토를 가지고 꽤나 완벽한 비율로 동물 모형을 만들었다. 간만의 공작에 손이 풀린 류는 피자 박스로 공룡을 만들기에 이르렀다. 벨로키랍토르라는 종류의 공룡이었고 페페론치노 피자 박스를 사용했다는 이유로 뻬뻬론이라는 이름을 갖게 된 친구였다. 류는 거침없이 칼로 박스를 자르고 접고 구부리더니 앞발은 세우고 뒷발은 내려놓은, 긴 꼬리의 공룡을 완성시켰다. 공룡의 작은 앞발과 뒷발에는 플라스틱 이쑤시개를 잘라 발톱까지 구현해냈는데 더 놀라운 것은 벨로키랍토르의 특징인 갈고리 모양의 날카롭고 커다란 엄지발톱을 구현한 것이었다. 나는 류와 다르게 주로 실제 세상에 존재하지 않는 괴물을 만들었다. 만지기만 하면 자꾸 부서지고 찌그러져 괴물이라 부르면 편했다.

점토 놀이를 끝내고 그것들을 건조시키기 위해 베란다에 가져다두었던 때가 생각난다. 물을 잘 덧바른 류의 점토 공룡은 아주 매끈한 모양새였다. 나의 점토 괴물은 여전히 구부러지고 끊어지며 자꾸만 다른 모습으로 변해가는 중이었다.

주말 알바

카페에서 준 냅킨이 아까워 돌려놓거나 백팩 앞주머니
에 챙기는 편이다. 10대 시절에는 붕어빵 트럭 혹은 어묵
트럭 앞에서 일생일대의 고민을 하듯 서성이다 단념하고
발걸음을 옮기곤 했다. 엄마를 보고 자랐기 때문이다. 그
녀는 긴 세월 본인의 옷을 포함해 자녀들의 옷까지 모두
벼룩시장에서 구매했다. 화장품 가게에서 샘플로 받은 마
스크 팩을 늘 내게 먼저 덮어준 뒤 시간이 지나면 뒤집어
자신의 얼굴에 덮었다. 내가 다 쓰고 버리려는 립스틱을
모아 얇은 붓을 이용해 몇 달째 사용하고 있다. 자원은 아

끼고 소비는 줄이는 사람이다. 엄마는 오랫동안 '나비'라는 닉네임을 사용 중이었다. '나누고''비운다'는 뜻의 줄임말이라고 했다.

그녀의 소비는 내가 살아갈 공간을 제공하는 일과 대식가인 아들 훈의 식량을 보충하는 것, 그리고 몇 가지의 보험 비용이나 정기적인 후원이 전부인 것으로 보인다. 엄마는 또한 얻어오는 일의 대가다. 렌탈 정수기 관리자로 활동하고 있는 그녀는 고객들이 주는 김치와 쌀, 옷과 테이블 등을 마다하지 않는다. 지금 내가 등을 붙이고 있는 온수 매트 역시 고객이 버리려는 찰나를 포착한 그녀의 능력으로 획득할 수 있었다.

그녀에게 보고 배운 것을 토대로, 나는 돈을 아끼기 위해 애쓴다. 나의 원룸에는 엄마, 아빠가 신혼 시절 사용하던 침대와 냉장고, 체리우드색의 거대한 장식장이 있고 그보다 오래된 플라스틱 서랍장이 있다. 그러나 소비하는 데에 크게 흥미가 없다고 직접 언급한 엄마와 달리 나는 소비에 흥미가 있다. 친구들이 자신의 자취방에 장만한 새 가구들을 보며 자주 배가 아팠던 것이다.

용돈을 받지 않고 직접 소비하기 위해 돈을 번 곳은 작은 레고센터였다. 나는 선생님이라 불리며 아이들이 조립해놓은 레고를 다른 아이가 사용할 수 있도록 부수거나 화장실 뒤처리를 홀로 할 수 없는 아이들의 엉덩이를 닦아주며 일했다. 그렇게 번 돈을 모아 친구들과 석 달간 유럽 여행을 떠났다. 그때 나는 열아홉 살이었고 클럽과 맥주, 담배와 같은 금기로부터 자유로웠지만 서구 문화에 대한 콤플렉스로 몸이 곧잘 굳고 변비로 고생을 했다. 여행을 다녀온 뒤 카페나 식당에서 일하며 검정고시를 패스하고 대학에 진학했다. 아끼고 아끼며 차곡차곡 모은 돈은 매해 학비로 지출되었다. 주거비를 직접 지출하지 않음에도, 그 외의 생활비와 학비에 들어가는 비용은 컸다.

대학을 다니며 노동하지 않는 것은 불가피한 일이었다. 어떤 해에는 학비 전액을 납부하고 어떤 해에는 학자금 대출을 받았다. 점점 일을 늘렸다. 일과 학업, 돈에 관한 스트레스를 병행한 것이 지금의 피로와 통증을 초래한 것도 같다. 더 이상 견딜 수 없을 때 그간의 생활 패턴을 모두 끊어냈다. 일과 학교를 모두 그만둔 것이다. 일과 학업을 중단할 때, 일터에도 학교에도 거짓말을 했다. 목 디스크와 허리디스크에 문제가 생겼다고 했다. 명확한 진 단명과 처방된 약의 가짓수 같은 것이 '진짜로' 아픈지 안 아픈지에 대해 판별하기 때문이다.

아예 몸을 일으킬 수 없던 한두 달 동안, 모아두었던 통장의 잔고가 야금야금 줄었다. 눕는 일과 먹는 일 말고 는 할 수 있는 게 많지 않았기 때문이다. 류와 데이트를 하러 나갔다가 한마디도 못 하고 집으로 돌아간 날이 적 지 않았다. 걸으면 말할 힘이 나지 않았고 말하면 걸을 힘 이 나지 않았다. 엄마는 내게 10만 원씩 용돈을 주기 시작 했다.

비교적 오랜 시간 침대에서 등을 뗄 수 있게 되었을 때, 돈을 벌기 위해 집 밖으로 나섰다. 지난 몇 년간 한 남 매에게 글쓰기 지도를 하고 있었는데, 다시 그들을 찾아 간 것이다. 기력이 없었기 때문에 버스로 이동하는 동안 90도로 허리를 낮추거나 몸을 웅크려 누운 뒤 이동했다.

서로 지우개의 소유권을 주장하며 울거나 가끔 바닥을 헤엄치는 그들을 다시 상대할 수 있을지 걱정되었지만 달리 선택의 여지가 없었다. 아이들에게 읽어줄 글을 정성껏 골라 타이핑해가는 것이 그간의 수업 준비였다. 그런데 버스보다도 힘든 것이 노트북 앞에 앉아 타자를 치는 일이었다. 때문에 류가 종종 대신 타자를 쳐주었다.

그렇게 2년간 일주일에 한 번, 다른 일은 하지 않고 글쓰기 지도만 했다. 부모님의 도움으로 주거비에 대한 부담이 없고 학비에 큰돈을 쓰지 않게 되자 한 달에 30만 원 남짓의 돈으로 생활하는 것도 그리 어렵지 않았다. 엄마를 통해 몸에 밴 절약 생활이 생활비를 아끼는 것에 도움이 되었던 것이다. 여기저기서 물건을 줍거나 얻었고 케이크 따위의 것을 선물 받으면 냉장고에 넣어두고 하루에 두세 입씩만 떠먹었다.

인터넷에서는 가성비라는 말이 유행을 끌었다. 반가운 일이었다. 그러나 가성비 높은 물건들을 눈이 빠지게 구경하다 보면 가끔씩 짜증이 났다. 값에 비해 그럭저럭 쓸

만한 것 말고 값어치 있는 훌륭한 것을 사고 싶었기 때문이다. 케이크를 퍽퍽 떠먹고 싶었고 구매한 책에 밑줄을 벅벅 긋고 싶었다. 그러기 위해선 벌이가 필요했다. 그러면서도 몸의 에너지는 최소로 사용해야 했다. 어떤 달에는 부족한 생활비를 채우기 위해 행거를 헤집어 헌 옷을 팔았다. 한 장 한 장 열심히 사진을 찍은 뒤 인터넷에 사진을 올려 거래를 하고 택배 봉투에 옷들을 차례차례 넣었다. 그러고 나서 아침이 오면 온몸이 쑤셔 일어날 수 없었다. 류에게 소정의 심부름 값을 주고 택배를 부치게 했다. 그는 우체국에 서서 모르는 이들의 이름을 스무 명 이상 적었다.

더 이상 팔 것이 없자 보다 지속적인 일이 필요할 것 같았다. 그리고 마침, 종종 가던 술집에 한 공고가 떴다. 새로 차린 카페의 스태프를 구한다는 것이다. 주말 이틀간 다섯 시간씩 일하는 것이 노동 조건이었다. 그들은 증명사진과 자기소개를 메시지로 보내라고 했다. 새벽에 인터넷으로 그 공고를 보자 갑자기 잠이 확 달아났다. 늦은 시간이라 문자를 보낼 수 없어 가슴이 두근거렸다. 말 그대로 가슴이 빠르게 뛰었는데, 일을 할 수 있을지 없을지에 관한 판단으로 머릿속이 가득 찼다.

침대에 누운 채 내 몸을 체크해보기 시작했다. 2년간 먹어온 약이며, 운동 덕에 몸 상태가 호전된 것은 분명했다. 하지만 정말로 다섯 시간을 서서 일할 수 있을까? 얼핏 보면 머플러 같지만 자칫 깁스처럼 보이는 목 지지대를 차고 일을 해도 될까? 머릿속이 생각으로 가득 차 입 밖으로 쏟아져 나올 것처럼 속이 메슥거렸다.

잠을 설친 뒤 일어나자마자 사진과 함께 자기소개를 문자로 보냈다. 아픈 몸에 관한 언급은 하지 않았다. 그리고 몸을 테스트해보기 위해, 카페 알바 시뮬레이션을 해보았다. 4시부터 다섯 시간 동안 앉지 않겠다고 스스로와 약속을 했다. 쉼 없이 집안일을 했다. 설거지를 하고 옷을 개고 이불을 정리했다. 양손으로 트레이를 들다가 "여기가 무슨 국밥집이냐."는 꾸중을 들었던 레스토랑을 생각하며, 한 손으로 주전자 정수기를 들어보았다. 평소에는 양손으로 간신히 들던 것이었다. 시간이 갈수록 통증이 늘었다. 결국 다섯 시간을 채우지 못하고 세 시간 만에 의자에 앉아 저녁을 먹었다.

나는 그날 밤 저녁에도 잠이 오지 않았다. 고용되어도 일을 할 수 있을지 없을지 여전히 의심스러웠기 때문이다. 답변은 영영 오지 않았다. 나는 어쩐지 조금 다행인 마음이 들었다. 밤잠을 설친 지 몇 주 후, 문자가 하나 왔다. 일요일 낮에 청소년을 상대로 글쓰기 지도를 맡아달라는 문자였다. 그렇게 지속적인 주말 알바가 시작되었다.

크림라떼

돈이 없던 시절엔 맛 좋은 커피도 제대로 즐기지 못했
다. 그 커피는 '나사 선정 가장 뜨거운 지구'의 더운 여름
날, 친구 슬이 사준 커피였다. 커피숍 입구에 온순해 보이
는 골든 리트리버가 차가운 바닥에 지쳐 누워 있었다. 2층
에는 거대한 소파와 조명이 가득했다. 우리는 거의 드러
누운 상태로 찬 커피가 나오기만을 기다렸다.

크림라떼라는 이름에 걸맞게 유리잔의 아래쪽에는 황
갈색의 진한 라떼가 위치해 있었고 위쪽에는 묵직한 크림
이 가득 올라와 있었다. 잔을 들고 그것을 조금 마셔보았

다. 그러자 차갑고 묵직하며 달콤한 크림과 뜨겁고 진하
며 씁쓸한 커피가 입술을 지나 목구멍으로 금세 곤두박질
쳤다. 둘의 조화에 큰 감명을 받은 나는 세상이 빈틈없이
충만해지고 있음을 느낄 수 있었다. 그러나 그 음료를 한
모금 한 모금 마시며 줄여나갈 때마다 피어오르는 불안은
감출 수 없었다.

충만함 뒤의 불행을 상상하는 것은 나의 습관이었다.
그것은 행복한 순간이 곧 끝나버릴 것이라는 불안이었다.
버스를 타고 집에 가며 자세를 고쳐 앉을 때마다 달큰하
고 진한 크림 냄새가 풍겨왔다. 그 냄새가 어쩌나 강한지
나는 꼭 젖을 짜내는 동물이 된 것 같았고 집에 도착할 때
까지 그 충만과 불안의 냄새는 가시지 않았다.

〈세상에 나쁜 개는 없다〉의 진행자 강형욱은 개의 분
리 불안에 대해 말하며 불안과 공포의 차이를 설명했다.
불안은 아직 닥치지 않은 일에 미리 두려움을 느끼는 것
이고, 공포는 실제로 닥친 일에 느끼는 두려움이라고 했
다. 나의 두려움은 늘 전자에 가까웠다.

선선한 가을이 오면 앞으로 닥칠 겨울의 추위를 상상하느라 에너지를 소진했고 즐거운 파티가 진행되는 내내 차갑고 외로운 집으로 돌아가는 상상을 반복했다. 미용실에서, 대학병원에서, 백화점에서, 대학교에서 가슴이 자주 두근거렸고 그럴 때면 엄지손가락의 거스러미를 뜯고 뜯다 손목까지 피가 흘렀다. 너무 많이 웃다 보면 당황하여 울고 말았다. 몸이 아픈 뒤부터는 학교로 돌아가 더 이상 공부를 할 수 없을 것이라는 불안, 돈을 벌 수 없어 먹거나 입지 못할 것이라는 불안, 사랑하는 이들과 점점 멀어질 것이라는 불안이 나를 지배했다.

만성 질환이 시작된 지 두 해 하고도 두 달 만에 눈이 빛나는 것이 느껴졌다. 술을 마시지 않고도 숙취를 겪는 것 같던 날들이 줄었다. 그간 천천히 컨디션을 회복했으나 최근 몇 달간 극적인 변화를 겪었다. 우울감은 물론 피로감과 통증이 확연히 줄었다. 외출의 횟수가 늘었고 목을 뽑아버리고 싶지도, 절단하고 싶지도 않았다. 통증이 완화된 이유가 무엇인지는 정확히 알 수 없었다. 항우울제를 바꾼 것이 그 이유였을까?

　이 커다란 변화는 지난날에 관한 의심을 품게 했다. 몸이 그새 변화에 적응해버린 것이다. 내가 정말 죽도록 아팠는지 자문하기 시작했다. 그간의 아픈 몸을 부정당하는 것 같았다. 이름 모를 사람들이 내게 엄살을 피웠다며 손가락질하는 상상을 하느라 잠이 오지 않았다. 과거는 터무니없이 무시무시해지기도, 시시해지기도 한다. 따라서 의심은 더욱 커져갔다. 그러나 마음을 가라앉히고 조금만 눈을 돌리면 의심을 지울 단서는 충분했다. 보험사에 제출한 진료비 영수증들, 똬리를 튼 뱀처럼 줄줄이 쌓여 있는 진통제, 통증을 완화할 수많은 도구, 색색의 스티커로 점수를 매겼던 컨디션지수표, 타자를 칠 수 없을 때 녹음해둔 몸의 기록─신음에 가까운─들, 그리고 무엇보다 매일 밤 나를 안마하던 류가 훌륭한 증인이 되어줄 것이다.

　하루는 류와 함께 먼 동네로 놀러가 당차게 거리를 걸었다. 인적 없는 놀이터에 도착해 그네를 탔다. 그네에 앉아 몸을 눕혀 하늘로 다리를 높이 치켜세웠다. 긴치마가 얼굴로 쏟아졌다. 그네 위에 두 발로 올라타 줄을 꽉 붙들고 움직이며 찬바람을 맞았다. 시끄러운 술집에서 소리를 질러가며 류와 이야기를 나눴고 근처에 사는 친구 집에 찾아가 밤늦게까지 음악을 듣고 술을 마셨다. 이 모든 일을 하루 안에 하게 된 것이 놀라웠다. 그리고 문득 크림라떼를 들이키던 때가 생각났다. 그날의 시간들은 크림라떼가 목구멍으로 곤두박질치던 충만함의 감각을 떠올리게 했다. 그다음 단계는? 역시 미래에 닥칠 불행을 상상하는 것이었다.

집으로 돌아오는 전철에 앉아 다시 찾아올 강력한 통증에 대해, 다시 시작될 침대 생활에 대해 구체적으로 상상했다. 상상력으로부터 몸을 보호하기로 굳게 마음먹었으나 오랫동안 몸에 달라붙은 상상력은 불안의 충실한 원동력이 되어갔다.

건강 교실

아주 오랜만에 모교로 향했다. 학생들의 체력 증진에
힘을 쏟던 나의 모교는 시골에 위치해 있었다. 학교 앞에
는 계곡이, 옆에는 밭이, 뒤에는 작은 산이 있었다. 학교
가 방학해 학생들이 모두 빠지면 산 좋고 물 좋은 학교엔
'건강 교실'이라는 프로그램이 열렸다. 아픈 사람들이 찾
아와 유기농 밥상을 먹으며 건강에 관한 강의를 듣고 가
는 프로그램이었다. 엄마는 말도 없이 내 이름으로 건강
교실을 신청했다. 가는 길 전철역에는 값싼 수입 과자들이
알록달록 빛을 내고 있었고, 간식을 가져오지 말아달라는

건강 교실의 당부를 잠시 생각하던 나는 결국 500원짜리 망고 젤리를 두 개 샀다.

학교에 도착해 상쾌한 공기를 한껏 들이마신 뒤 당직을 서고 있던 몇몇 그리운 선생님들과 정겨운 인사를 나눴다. 점심으로는 콩비지찌개와 무나물, 멸치볶음 같은 것들이 나왔고 건강 교실 참가자들과 다 같이 '농부 하나님'께 기도를 올린 뒤 식판을 비우기 시작했다.

그때 내 앞에는 키가 아주 작고 머리가 하얗게 센 할아버지가 밥을 먹고 있었다. 어떤 사연으로 이곳에 오게 되었는지 궁금했다. 점심을 먹고 강의를 들으러 교실로 들어가 바닥에 앉자 내 앞에 앉아 밥을 먹던 할아버지가 들어와 자신을 소개했다. 그는 3박 4일 동안 진행되는 건강 교실의 선생님이었다. 그는 1945년 농촌에서 태어나 초등학교를 졸업한 뒤로는 학교에 다니지 않은 채 폐결핵 환자들, 나환자들을 보살피며 청년 시절을 보낸 사람이었다. 그러다 농촌운동을 하면서 농촌 공동체를 이뤘고 지금은 시골 교회를 운영하며 농사를 짓고 사람 고치는 일

125

도 한다고 했다. 사람들은 그를 임 목사님이라고 불렀고 그는 아주 오랫동안 먹거리에 대해 강의를 했다.

모두 고등학교 때 익히 들었던 이야기들이었다. 제철 음식이 얼마나 몸에 좋은지, 대량생산되는 음식들이 사람을 어떻게 망가뜨려 가는지. 그러니까 그는 자본이 키워낸 먹거리에 대해 철저히 거부하고 있었다. 그는 자기가 아무리 목사라지만 웬만하면 기도는 미룬다고 했다. 자기 손으로 사람을 고칠 수 있을 때까지 절대로 예수를 팔지 않는다는 것이다. 임 목사님은 지치지 않고 강의를 해나갔다. 그의 구수한 농담들은 나이 든 건강 교실 참가자들을 자지러지게 했고 저녁을 먹을 시간이 다가오자 그는 노래를 하나 부르자고 했다. '태평가'를 그가 직접 개사한 노래였고 그가 앞 시간 내내 강의한 내용이 그 노래에 모두 담겨 있었다. 노래는 이런 식이었다.

'부처님 계명은 고기 끊고 북극에 살면은 과일 끊자.

열대 사람 과일 먹고 북극 사람은 고기 먹자.

니나노- 닐릴리야 닐리리야 니나노.

얼싸- 좋아 얼씨구나 좋다. 지방 따라 음식만 갖추면
추우나 더우나 겁 안 나네.'

저녁도 점심과 비슷한 식단으로 식사를 했다. 고기는
전혀 없었고 간은 약했다. 저녁에도 강의는 이어졌고 토
사곽란을 일으키며 다 죽어가는 사람들을 양약 하나 먹이
지 않고 좋은 먹거리로 살려냈다는 임 목사님의 영웅담
가까운 이야기를 들으며 사람들은 감탄을 이어나갔다. 눈
에 닿을 듯이 길고 하얀 눈썹과 햇빛에 잔뜩 그을려 새까
만 피부, 중간중간 아무렇지도 않게 방귀를 북북 뀌는 그
가 점점 정말로 영웅 혹은 도인처럼 보였다. 방으로 들어
와 잘 터지지 않는 전화기를 붙잡고 친구와 통화를 했다.
친구는 온종일 엉덩이를 혹사하며 웬 할아버지에게 먹거
리에 대한 강의를 듣고 유기농 밥상을 챙겨 먹는 나의 처
지를 한껏 비웃었다. 나는 함께 웃으며 전철역에서 사 온
망고 젤리를 조심히 뜯어 조금씩 씹어 먹었다.

참가자 중에서는 귀촌을 꿈꾸는 나이 든 시골 초등학

교 교사도 있었고 건강이 나쁘진 않지만 그저 임 목사님의 이야기가 궁금해서 온 화가도 있었는데 적지 않은 수의 사람들이 암을 앓았거나 앓고 있었다. 남편과 함께 온 나이가 많지 않은 여자는 자신을 소개하며 이런 말을 했다. "죽기 전에 임 목사님을 한번 꼭 뵙고 싶어 이렇게 오게 되었어요."

건강 교실에는 유기농 밥상을 먹고 하루 종일 바닥에 앉아 강의를 듣는 것 외에도 일정이 하나 더 있었다. 바로 새벽 목욕이었다. 새벽이면 참가자들은 줄을 지어 학교 앞 목욕탕으로 향했고 그곳에서 땀을 빼며 '해독작용'을 했다. 탕에서 땀을 한껏 빼고 나오던 어느 새벽, 수건으로 몸을 닦고 팬티를 입고 있는데 목욕탕 티비 드라마에서 이런 대사가 흘러나왔다. "나는 말기암 환자가 살아나는 것보다, 너 같은 여자를 만난 게 더 기적이라고 생각해." 나는 곧장 텔레비전 앞 평상에 앉아 있는 말기암 환자에게로 시선이 옮겨갔다.

종일 강의를 하는 임 목사님의 태도는 유머가 가득해 우스꽝스러웠지만 어떤 종류의 강경함을 가지고 있었다. 사람을 살리기 위해서는 그가 생각하는 나쁜 것들을 철저히 배제해야 한다는 듯이 보였다. 나는 그의 이야기를 들으며 세상에 먹을 것 하나 없구나, 하며 탄식·절망했고 두려움 때문에 뭐 하나 제대로 먹지 못하던 이들은 이렇게만 먹으면 살 수 있구나, 하며 희망을 얻어갔다.

3일째 되던 날, 다른 시골교회에서 온 농부 목사가 이른바 특강을 진행했는데 그는 눈썹을 한껏 치켜세우고 침을 열렬히 튀기며 임 목사님과 비슷한 이야기들을 했다. 거의 화를 내듯 소리치며 강의에 열중하던 그는 갑자기 여성 게이가 서울대 총학생회장이 된 사실을 알고 있느냐고 물었다. 그러고는 이게 대체 무슨 일이냐며, 아무리 미국 영향을 받았다지만 이게 다 먹거리 때문에 벌어진 일이라고 말했다.

그러니까 그는 돼지나 소가 수놈 구실을 못 하게 만드는 축산 시스템에 대해 이야기를 하고 있었다. 귀를 의심하며 그가 도대체 무슨 말을 하고 있는 것인지 침착하게 들어보려고 했으나 여성호르몬 운운하던 순간엔 도저히 참을 수가 없어 자리를 박차고 나가 잘 터지지 않는 전화기를 부여잡을 수밖에 없었다. 나는 방에 있던 망고 젤리를 격렬히 씹으며 친구에게 그 농부 목사를 젤리만큼이나 격렬히 씹어댔는데 그 격렬함 와중에 전화가 자꾸만 끊겨 이 산 좋고 물 좋은 나의 모교가 정말로 원망스러웠다. 그 농부 목사는 영웅 같지도 도인 같지도 않았다.

건강 교실의 모든 프로그램이 끝나고 학교에서 당직을 서던 학교 선생님이 역까지 나를 태워다 준다고 해서 함께 길을 나섰다. 그는 내게, 네가 들은 이야기를 전부 다 믿어야 하는 건 아니라고 했다. 세상은 너무나 빠르고, 그들이 말하는 삶은 굉장히 극단적이라는 것이다. 또 그 극단은 너무나 위태롭고, 그 극단에서 조금만 발을 뺐을 때의 두려움이 더 해롭다고 이야기했다. 그는 마지막으로 이렇게 말했다. "일단 마음을 잘 먹는 게 중요해."

그의 말에 몇 년 전 봤던 한 영화가 떠올랐다. 〈헝그리 하트〉라는 이탈리아 극영화다. 영화에서는 병원을 불신하며 비건 생활을 하는 여주인공 미나가 등장한다. 미나는 앙상한 뼈를 내보이며 자신이 직접 키운 씨앗 같은 것들만 먹는다. 그리고 자신이 낳은 갓난아기에게도 그녀만의 양육 방식을 고수한다. 건강검진이나 예방접종 같은 것을 모두 차단하며 고기를 먹이지 않는 것은 물론이고 바깥 공기도 마시지 못하게 한다. 이를 보다 못한 그녀의 남편은 그녀 몰래 아이를 병원에 데려가고 아이가 영양실조로 자라지 못하고 있음을 알게 된다. 고기를 꼭 먹여야 한다는 의사의 말에 몰래 고기를 먹이던 남편을 발견한 미나는, 분노하며 아이를 빼앗고 아이를 보호하기 시작한다. 그리고 영화는 점점, 그녀를 광적인 모습으로 그려낸다.

어떤 강경한 배제들, 그리고 이를 너무나 강하게 믿는 누군가의 다소 엉뚱하고 천박한 배제들이 과연 옳은가에 대해 오래 생각해보게 되었다. 그러나 생각할수록 변화를 꾀하는 세상의 수많은 일은 언제나 강경한 태도를 가졌던 것만 같았다. 내가 종종 읽고 보았던 어떤 운동들이 그랬다. 너무나 철저하고 강경했기 때문에 그래서 아주 작은 것이라도 성취할 수 있었던. 위태로운 극단에 설 수밖에 없는 사람들이 있다. "죽기 전에 이곳에 왔어요."라고 말하는 이들은 아마 '마음을 잘 먹는 것' 따위 이제는 믿고 싶지 않을 것이다. 영화 속 주인공 미나를 보는 것이 아주 슬펐던 이유가 그래서였다.

영화는 그녀의 과거를 나열하지 않지만 광적인 강경함을 보여주며 그녀의 과거를 상상하게 했다. 나 또한 어떤 극단에 서게 되는 순간이 올 수 있다고 생각한다. 나는 그 순간에 무엇을 배제하게 될지, 그 과정에서 혹시나 내가 미워한 농부 목사의 천박한 배제 같은 것들을 면할 수 있을지 잘 모르겠다.

굴뚝

3년 전, 버스 정류장에 앉아 있는 내게 한 중년 여성이 말을 걸어왔다. 병원복을 입고 코에 기다란 의료 도구를 매달고 있었다. "몇 살? 너무 예뻐. 머리를 기르면 더 예쁠 거야. 머리를 기르면 남자들이 아주 잘 따르지. 짧으면 다 떠나. 내가 젊었을 땐 머리카락이 허리까지 왔어. 그땐 시청장이고 구청장이고 다 만났어." 나는 그저 웃었다. 그리고 그녀는 이어 이렇게 말했다. "집에만 들어가면 쥐어 패는 것을 어떡해." 나는 놀랐다. "네?" "아니, 속눈썹도 요렇게 요렇게 붙이는 거 있어. 그거 하면 아주 예쁘겠

다." 나는 그때, 혼잣말이라는 것이 대화 도중에도 이루어
질 수 있음을 알게 되었다.

그리고 3년이 지난 후 그녀를 전철역에서 다시 마주
쳤다. 나는 아는 체를 하려고 그녀 옆에 섰다. 그러자 그
녀가 나를 흘깃 보더니 아주 작은 목소리로 꼭 귓가에 대
고 속삭이듯 이렇게 말했다. "예뻐, 언니 입술 색이 참 예
뻐." 나를 알아보지 못하는 것 같아 우리 한 번 만난 적이
있다고 했다. 그러자 그녀는 내가 예뻐 자꾸 말을 걸게 되
는 것 같다고 했다. 나는 연신 감사를 표했고 그녀는 이
런 말을 이어나갔다. "언니 입술 색이랑 똑같은 아기가 너
무 예뻐서 따라가봤어. 근데 아기가 얼마나 야무진지 몰
라. 아빠 병 수발을 다 해. 빤스며 바지며 다 챙겨줘. 얼마
나 야무진지 몰라. 엄마는 아무것도 안 하고 그 애가 다하
는 거야 세 살짜리 아기가. 그런데 갑자기 선거 때가 되니
까 안면 바꾸는 거야. 입을 싹 닫았다고. 대중이 시절에.
김대중 시절." 나는 반 정도만 알아듣고 그녀와 함께 전철
에 탑승했다.

전철 안에서 나는 우리가 만났던 동네를 이야기했다. 작은 빌라들과 장미 공원이 있던 곳에 대해. 그녀는 그곳에서 7년간 병원 생활을 하다 작년에 드디어 퇴원했다고 말했다. 그녀 손등에 있는 작은 별 모양의 문신이 눈에 띄어 어떤 의미로 새긴 것이냐고 물었다. 그녀는 작년, 반짝이는 별이 되고 싶은 마음에 별 다섯 개를 새기려다 한 개만 새겼다고 말했다. 나는 내 몸에 새긴 타투를 그녀에게 보여주었다.

그녀의 나이가 예순다섯 살이라는 것도 그날 전철 안에서 알게 되었다. 그녀는 말했다. "7년 동안 입원을 하니 그렇게 억울하더라고. 내가 서울 시청에서 10년을 일했는데 그땐 일 끝나고 흑맥주 한잔 딱! 하고 그러면 그게 그렇게 좋았거든. 친목회도 많이 하고. 보통 10년 일하면 노인네 취급하고 그러는데 내가 사회성이 좋아서 그 이후에도 친목회를 많이 했어." 그리고 내게 좀 전에 역에서 소리 지르던 여자를 보았냐고 물었다. "어떤 분노가 있는 것 같더라고. 어떤 슬픔이 있는 것 같아. 나는 그런 사람들을 최대한으로 잘 먹이고 잘 씻겨야 한다고 생각해. 그러면 좋아질 수 있거든."

그녀는 여전히 작은 목소리로 쉬지 않고 이야기를 이어나갔다. "해남 여자가 하나 있었어. 그 여자가 입술이 그렇게 예뻤어. 그거 때문에 다 예뻐 보였어. 내가 홍어를 처음 먹어본 것도 그 여자 덕분이야. 냄새 나서 못 먹었는데 딱 한 번만 먹어보라고 해서 먹어본 거야. 그런데 그게 그렇게 맛있는 거야. 근데 선거 날이 오니 입을 싹 닫고 안면을 바꾸더라고. 아주 차갑게."

나는 그녀가 어떤 말을 반복적으로 배출하고 있다는 생각이 들었다. 그리고 내가 샴푸질을 하거나, 바닥을 밀거나, 크게 울 때 외치는 혼잣말이 아주 일관적이라는 사실을 깨달았다. 그것은 주로 나의 감정이나 통증을 이해받지 못할 때 외치는 말이었다. 예컨대 누군가 "나 때는 너보다 더 심했어."하고 말하면 집에 돌아와 이렇게 외치는 것이다. "아무것도 모르면서!" 한국 드라마나 할리우드 영화 속 주인공들이 "그래, 할 수 있어!" 따위의 혼잣말을 하는 것이 다소 작위적이라고 느끼던 때가 있었으나 이제는 그렇지 않다.

그녀의 말을 우연히 듣게 된 이후, 사람들의 혼잣말이 귓가에 더 많이 들려왔다. 한 버스 기사는 내가 목적지에 향하는 내내 끊임없이 욕설을 중얼거렸다. 그 소리는 무척 작았지만 위협적이었다. 그러나 한편으로는 아주 외롭게 들렸다.

세상의 어떤 혼잣말들은 가야 할 자리를 찾지 못하고 홀로 떠도는 것 같다. 정처 없이 부유하다 누군가의 귀에 우연히 들어오는 것이다. "아니 땐 굴뚝에서 연기 날까."라는 속담은 보통 누군가의 사생활을 함부로 재단하고 단정 지어버리는 말로 쓰인다. 그런데 나는 세상을 떠도는 수많은 혼잣말과, 말로서 불쑥 튀어나오는 옛 기억의 모습이 그 속담과 닮아 있다는 생각을 했다. 마음으로 삼켜지지 못한 말들이 침과 함께 입 밖으로 튀어 나오고 있었다. 마음속 아궁이에서 뜨거운 불을 때다 결국 입으로 피어오르는 이미지를 연상시켰다. 나는 세상의 혼잣말을 수집하는 상상도 했다. 불쑥 튀어 오르는 그 말들을 수첩에 받아 적은 뒤 외진 산에 올라가 큰 목소리로 나열하고 싶었다.

비행기 삯

류와 함께 겨울을 나기 위한 준비를 했다. 돈을 모았던 것이다. 겨울이 오면 따뜻한 나라로 떠나자고 약속했기 때문이다. 겨울이라는 말만 들어도 몸이 굳는 것 같았다. 여름이 끝나갈 무렵이었다. 그때까지만 해도 월 3, 40만 원 남짓의 수입이 전부였던 터라 어디로 향하는지도 모를 비행기 삯을 모을 궁리에 여념이 없었다.

그때 친구 슬이 한 가지 제안을 했다. 그녀가 참가하는 독립 출판물 판매 행사에 자리를 조금 내어줄 테니 뭐라도 팔아보라는 것이었다. 그 행사는 매년 1만 명에서 2만

명에 가까운 인파가 다녀가는 곳이었다. 그곳에서는 그래픽 디자인이나, 사진, 일러스트레이션 등으로 인기를 끌고 있는 작가들이 직접 만든 책이나 스티커, 달력이나 라이터 같은 것들을 판매했다. 슬이 주는 기회가 무척 고맙고 귀했지만 그 수많은 인파를 생각하면 부담감이 몰려왔다. 고민 끝에 그녀가 맡은 책상 한 귀퉁이에 값을 지불하고 그간 그려놓은 그림을 팔기로 했다.

만성 통증이 삶 전체를 바꿔놓은 뒤 내 몸을 어떤 식으로든 기록해 모아두고 싶었다. 앉아 있는 것조차 버거울 때 할 수 있는 것은 음성 메모였다. 침대에 누워 음성 녹음 앱을 켜고 당시의 상황을 중얼거렸다. 골골거리는 신음이 대부분인 가운데 의사와 나눴던 이야기가 종종 있다. 의사가 하는 말은 항상 어렵고도 빨라서 다시 듣지 않으면 모조리 잊어버리고 만다. 나는 그 녹음본을 몇 번이고 다시 들었다.

기록의 다음 스텝은 작은 카메라로 셀프 비디오를 찍는 것이었다. 주민센터에서 중년 여성들과 요가를 하는 모습과 침대에 누워 넷플릭스를 보는 모습, 밥 먹는 모습을 담았다. 어느 날은 치료 과정을 촬영하고 싶었다. 내 등 뒤에서 벌어지는 충격파 치료와 도수치료, 온갖 물리치료의 도구들이 어떤 생김새를 가졌으며 어떻게 움직이는지 알고 싶었다. 류에게 촬영을 부탁한 뒤 정형외과에 촬영 허락을 구했다.

우리는 작은 소동을 겪었다. 프론트 데스크에 있던 간호사에게 혼쭐이 난 것이다. 깜짝 놀라 당장 카메라를 집어넣었지만 촬영이 불가한 이유를 알고 싶었다. 병원이라는 공간의 특수성에 대해 자세히 알고 싶었기 때문이다. "제 등만 찍고 싶은데 혹시 촬영이 불가능한 이유를 알 수 있을까요?" 그러자 간호사는 "글쎄 안 된다니까요. 원래 안 돼요 정말!" 하며 다시 호통을 치고 눈을 흘겼다. 의사는 내 등에 충격파 치료를 진행하며 "어디 공모전에라도 낼 생각인 거예요?" 하고 물었고 나는 그저 내 몸을 기록하고 싶을 뿐이라고 답했으나 그는 이해가 안 된다며 웃기만 했다.

촬영을 완고하게 거부할수록 호기심이 커졌다.

결국 3층의 도수치료사에게 그 답을 얻었다. 첫 번째로는 사용하는 기계가 노출되는 것이 문제가 되며 두 번째로는 환자가 자의로 사진을 찍어 병원을 홍보하기라도 하면 어마어마한 벌금을 병원 측에서 물어야 한다는 것이다.

다양한 장소를 촬영할 수 없다는 것 외에도 셀프 비디오에는 결점이 있었다. 우는 모습을 담지 못한다는 점이다. 격렬히 우는 와중에도 잠깐씩 비디오 생각이 났으나 차마 녹화 버튼을 누르지 못했다. 비디오를 보완할 무언가가 필요했다. 선물 받은 오일 파스텔과 열일곱 살 때 산 미니 팔레트를 들고 쓰다 만 공책에 통증의 모양과 슬픔을 그리기 시작했다. 가장 먼저 그린 것은 노란 볍씨가 잔뜩 매달린 벼였다. 운율에 맞춰 그럴싸한 영어 제목도 지었다. **Grains of pain.** 통증의 알갱이들이라는 제목이었다. 그림을 그려놓고 보니 병명 없는 통증이 실재하는 것처럼 느껴졌다. 눈에 보이는 통증은 아이러니하게도 위안이 되었다.

나는 음성녹음을 통해, 비디오를 통해 그랬던 것처럼

내 통증을 증명할 만한 것들을 그려내기 시작했다. 그 증명들은 내 아픔을 알아주지 않는 이들을 향한 것이기도 했지만 나 자신을 관찰하고 싶어 이루어진 것이기도 했다. 나의 다큐멘터리적 기록은 SNS가 발달하기 이전부터 행하던 것이었다. 휴대폰을 사용할 수 없던 청소년 시기에는 한 선생님에게 캠코더를 빌려 온갖 것을 녹화했다. 지금으로 말하자면 '브이로그'와 비슷한 포맷일 것이다. 가장 친한 친구와 캠코더를 번갈아 쥐며 요즘은 무엇이 제일 궁금한지 서로를 인터뷰하고는 했다.

그림을 그리다 보니 공책은 왜인지 온갖 녹색으로 채워졌다. 진녹색과 청록색, 연두색의 오일파스텔이 서로 엉겨 붙었고, 그것은 꼭 식물의 잎에서 흐르는 진물 같았다. 힘이 날 때마다 식탁에 엎드려 지루한 통증의 모양과 염원하는 것들을 그렸다. 재료를 사용할 줄 몰라 종이가 자주 울고 구멍이 났다.

난생처음 화방에 찾아갔다. 알 수 없는 이름의 액체와 고체들이 빼곡했다. 부지런하게 재료를 고르는 사람들 속에서 흰 물감과 작은 노트를 급하게 구매한 뒤 화방을 빠져나왔다. 투명 비닐로 포장된 노트를 열어보니 그것은 사실 노트가 아니라 낱장의 종이들이었다. 한편, 그림이라는 추상적인 작업이, 있는 그대로의 몸이 아니라 왜곡된 몸을 표현할 것이라는 염려가 들었다. 그러나 오히려 상상으로 인한 공포를 종이 위에 떨어트려 주었기에 그것을 직시하는 계기가 되었다.

〈나의 몸들〉이라는 시리즈를 만들고 그것을 엽서 사이즈로 인쇄했다. 수백 장의 그림이 집으로 배송되었고 류와 함께 열다섯 종류의 그림을 한 장 한 장 모아 비닐에 넣어 한 묶음으로 만들었다. 류는 모으고 나는 넣었다. 그게 지겨워지면 내가 모으고 류가 넣었다. 모으고 넣기를 반복하자 말은 줄고 속도는 늘었다. 그림을 판매하는 행사에 가기 전 가장 두려웠던 것은 전철로 두 시간 거리의 시립 미술관에 찾아가는 것이었다. 이동 시간이 한 시간만 넘어도 몸에 무리가 왔기 때문이다.

전철로 열심히 달려 도착한 미술관은 정말 넓었고 천

장 또한 무척 높았다. 그리고 그곳은 정말 많은 사람으로 북적였다. 넓고 높은 공간에서 많은 사람이 말을 하고 있어서인지 귀가 자주 먹먹하고 머리가 어지러웠다. 수많은 인파와 쟁쟁한 창작자들 사이에서 내 그림은 아주 초라하게 느껴졌다. 부진한 판매 실적으로 가슴이 조여오기 시작했다. 김밥이나 과자들이 입에 들어가지 않았고 공복으로 하루 반나절을 서서 보냈다.

어둑해질 무렵 행사가 끝이 났고 류와 슬, 나와 함께 책상 한 귀퉁이를 공유했던 친구들과 담배를 피우러 육교 밑으로 향했다. 그때였다. 생애 처음으로 잠시 정신을 잃고 육교 아래에 쓰러졌다. 그 짧은 찰나에 류와 슬이 내 몸을 붙잡았고 또 다른 친구는 외투를 돌돌 말아 내 머리 아래에 깔아주었다. 아스팔트 바닥에 누워 육교를 올려다보자 그제야 조여오던 가슴에 숨이 쉬어졌다. 가까스로 몸을 일으켜 눈앞에 보이는 분식집에 들어가 무언가 허겁지겁 먹었다. 공복과 인파와 부진한 판매 실적에 취약하다는 것을 실감한 날이었다.

다행히도 그림은 인터넷에서 인기를 얻었다. 그간 내

질병의 역사를 함께 한 랜선 친구들의 호응이었다. 인쇄한 그림 100세트를 모두 판매했고 과분한 여행 경비가 모였다. 막판 스퍼트로 입지 않는 옷까지 몽땅 팔았다. 류와 함께 식비를 저축하는 공금 통장에 각자 120만 원씩 이체를 마치자, 정말로 어디든 갈 수 있을 것만 같았다.

태국 여행 1

한국에 겨울이 오자 밖을 나설 때마다 더 큰 다짐이 필요했다. 내복 위에 내복을 입고 패딩 위에 패딩을 입는 날이 이어졌다. 류와 나는 언제나 더운 나라일 것이라 예상되는 태국을 여행지로 삼았다. 기후와 지리를 모르는 우리의 고심은 에어비앤비 사이트를 켜두고 사진 속 분위기에 취하는 것이었다.

류와 나는 침대에서 각자의 노트북을 허벅지에 올려두고 태국 북부 치앙라이의 사진을 감상했다. 인적이 드문 곳과 관광지를 번갈아 찾기로 했다. 숙소 사진을 보던 중

말 농장이 등장했다. 류는 무조건 그곳에 가야 한다고 힘 주어 말했다. 그는 말 사진을 꼭 찍고 싶어 했다. 나 또한 모니터 너머로 뿜어져 나오는 무성한 식물의 에너지가 마음에 들었다. 가장 먼저 그곳을 예약했다. 여행일이 코앞으로 다가왔고 그제야 말 농장의 위치를 지도로 검색해보았다. 놀랍게도 치앙라이 공항과 120킬로미터나 떨어진 곳에 숙소가 있었다. 하지만 아름다운 숲속에 묵을 수 있다면 그 정도는 감수할 수 있다는 자신이 들었다.

12시 비행기를 앞두고 잠이 오지 않았다. 들뜬 마음으로 여전히 숙소를 예약하고 있는 와중에 류가 말했다. "근데, 이거 내일 밤 12시가 아니라 오늘 밤 12시 아니야?" 비행기 표를 확인해보니 그의 말이 맞았다. 이미 비행기가 출발한 새벽 1시의 일이었다. 돌이킬 수 없는 사태를 파악한 나는 머리를 양손으로 때리기 시작했다. 류는 말하는 법을 까먹은 것처럼 말이 없었다. 죄 지은 머리를 두들기다 문득 이 행위가 아무런 도움을 주지 못한다는 것을 깨달았다. 그리고 가장 가까운 비행기 중 비교적 값싼 비행기 표를 재빨리 결제한 뒤 말 농장의 숙소 예약을 하루 미뤘다. 머리 두들기기를 멈추고 10분도 안 되어 진행한 일이었다.

가장 빠른 위로의 말을 얻기 위해 SNS에 우리의 사태를 알렸다. 그러자 몇 분도 채 지나지 않아 몇 개의 댓글이 달렸다. 모두 비행기를 놓친 이들의 댓글이었다. 그들이 날린 액수는 30만 원부터 100만 원까지 다양했다. 그중 한 명은 여행을 할 때 꼭 '뻘짓 비용'을 책정한다고 말했다. 새삼 생각보다 많은 사람이 뻘짓으로 돈을 날린다는 것을 알게 되었다. 그리고 그것이 어쩌나 위안이 되던지 그들에게 미안하고도 감사한 마음이 들었다. SNS에 순기능이 있다면 고통을 나눈다는 데에 있으리라. 류와 나는 울상을 짓다가 마구 웃기를 반복했다. 그러는 동안 조금씩 잠이 오기 시작했다. 우리는 뻘짓 비용이라는 말을 되새기며 알람을 다섯 개씩 맞춰두고 잠에 들었다.

나는 탈 것에 약하다. 이동 수단은 영화관과 강의실 다음으로 몸을 자유로이 움직일 수 없는 곳이다. 그중에서도 비행기가 가장 힘들다. 이동 시간이 아무리 길어도 잠에 들기 어렵다. 그 와중에 오줌은 몇 번이고 마려운데 옆에는 모르는 사람이 있고 그를 깨우지 않기 위해 무릎 너머로 깡총 뛰다 결국 그를 깨우고 마는 것이다. 이번 비행을 위해 온갖 수동 안마기와 목 지지대, 수면제를 열심히 챙겼고 비행하는 동안엔 물을 덜 마셨다. 그러나 역시 통증 때문에 잠이 오지 않았다. 진통제와 수면제는 말을 듣지 않았다. 방광도 말을 듣지 않았다.

새벽녘, 경유지인 푸켓에 도착했다. 패딩과 터틀넥 셔츠, 내복을 벗고 반팔 차림으로 밖으로 나섰다. 공항 밖 거대한 야자수들은 하늘에 대고 소리를 지르는 것처럼 보였다. 덥고 축축한 공기가 잔뜩 경직되어 있던 근육을 이완시켰다. 웃음이 터졌다. 갑작스런 기후 변화에 반응하는 몸이 재밌었다. 반면 류는 무엇인가에 골몰해 있었다. 공항에 들어와 잘 곳을 찾았다. 2층에 올라갔다 1층에 내려오기를 반복했다. 가장 편한 자리는 이미 다른 여행객들이 선점하고 없었다. 결국 긴 의자가 다닥다닥 붙어 있는 1층으로 내려왔다. 하얗게 페인트칠이 되어 있는 철제 의자들은 들쑥날쑥한 모양새였다.

배낭을 머리 밑에 깔고 의자에 길게 누웠다. 의자들에 맞추어 몸이 위로 솟거나 밑으로 가라앉았다. 비행기에서 잠을 못 잤던 탓인지 곧바로 잠에 들었다. 그리고 무척이나 개운한 상태로 잠에서 깨어났다. 온기가 주는 안정 덕이었을까? 나는 가벼워진 내 몸에 적잖이 놀랐다. 류는 잠이 오지 않아 공항 밖을 구경하며 사진을 찍다 겨우 잠에 들었다고 했다. 나는 푸껫에서 치앙라이로 향하는 비행기 계단에서도 선 채로 꾸벅꾸벅 졸았다.

치앙라이는 푸껫보다 덜 습하고 덜 더웠다. 햇볕 아래에서는 가디건을 벗었고 그늘에선 가디건을 도로 입었다. 버스로 120킬로미터를 달리는 동안 씻지 않은 류와 나의 얼굴이 점점 끈적해졌다. 총 네 개의 이동 수단을 거친 뒤 도착한 말 농장엔 키 큰 나무들과 나무로 만든 2층 집 몇 채와 덩치 큰 개들과 그것보다 더 큰 말들과 재빠른 도마

뱀들이 있었다. 2층 집의 계단을 오르면 방과 방 사이의 공유 공간에 기다란 그네와 냉장고, 두 개의 소파가 있었다. 냉장고 안에는 게스트들을 위한 각양각색의 탄산음료와 두유가 가득 했다. 드넓은 산장에 게스트는 류와 나 둘뿐이었다. 우리는 공유 공간을 점유한 채 냉장고에 있는 것들을 꺼내 양껏 마셨다. 개들은 우리 주위를 서성거렸고 종종 크고 바싹 마른 나뭇잎들이 바닥으로 무겁게 떨어지는 소리를 냈다.

그곳은 류와 살고 있는 B시와 아주 달랐다. B시의 대학가는 소음의 집합소 같은 곳이었다. 스피커를 타고 끊임없이 흐르는 가요 메들리와 누군가 오열하고 토하는 소리, "들어와 들어와 들어-와!" 하는 휴대폰 매장의 광고 소리와 "들어가세요!" 하는 누군가의 힘찬 인사, 구급차의 사이렌 소리와 공사장의 드릴 소리가 밤낮으로 끊이지 않았다. 나는 그 소음 때문에 잠을 못 이뤄 매일 신세 한탄을 했으나 그런다고 달라지는 것은 없었다.

반면 우리가 찾아 간 말 농장은 스태프들이 비질을 하

는 소리, 개가 짖는 소리, 나뭇잎 떨어지는 소리가 전부였
다. 우리는 그 적막 속에서 먹거나 마시거나 둘 중 하나를
동시에 하길 반복했다. 그러나 류는 얼마 안 가 그 적막을
지루해하는 것 같았다. 류는 용변이 급한 것처럼 표정이
자주 굳었고 꼭 한국에 무언가를 두고 온 사람처럼 보였
다. 그는 며칠간 말이 없다가 실은 아무것도 하지 않는 것
이 불안하다고 털어놓았다. 나는 아무리 한가해도 혼나지
않는 빌미를 제공하는 것이 여행이라 생각했기에 류를 잘
이해할 수 없었다. 나는 근육통이 점점 줄었고 류는 자주
복통을 앓았다.

어느 날 산장 주인 배트가 우리를 산장과 꽤 떨어진 호
숫가에 데려다주었다. 그 지역에 딱 한 개 있는 관광 명
소였다. 배트는 자연스레 자전거 대여소로 우리를 안내했
다. 또 탈 것이었다. 자전거가 내 목과 어깨를 경직시킬까
두려워 대여를 망설였다. 그러나 날은 뜨거웠고 드넓은
호숫가에서 우리는 달리 할 일이 없어 그냥 빌렸다.

류는 능숙하게 달려 나가기 시작했다. 나는 페달에 발

을 올렸다 내리기를 반복하며 양옆으로 비틀거렸다. 드디어 제대로 페달을 밟고 호숫가를 달리기 시작하자 오히려 양 어깨가 시원해졌다. 멀찍이 있는 류에게 소리를 지르며 바퀴를 굴렸다. 그러나 드문드문 사람과 사람이 탄 차가 지나가면 급정거를 한 뒤 자전거에서 내려 사과하기를 반복했다. 식은땀이 흐르고 뒷목에 힘이 들어갔다. 그럴 때마다 류는 아주 멀리 달려갔다가 자전거에서 내려 나를 기다리곤 했다.

어깨가 시원해질 수 있도록 사람 없는 곳을 향해 달렸다. 크고 작은 사원이 등장했다. 눈이 부시게 희거나 금빛으로 된 환상 속 동물들이 입구를 지키고 있었다. 자전거를 세워두고 향을 꽂아둔 재단을 살펴보았다. 향이 타고 남은 자리에 수북한 재들이 가득했다. 그 주위로는 코코넛과 귤, 밥과 꽃, 요구르트와 탄산음료가 놓여 있었다.

나는 재단이 보일 때마다 기도를 올렸다. 내용은 언제나 같았다. 잘 흐르는 사람이 되고 싶습니다. 생각도 몸도 굳지 않는 유연한 사람이 되고 싶습니다. 목이 말라 호숫

153

가로 돌아갔다. 길에서 파는 음료로 목을 축였다. 식도가
따끔거릴 정도로 단 음료였다. 물가에는 낚시를 하는 사
람들이 있었다. 류는 부지런히 그들이 잡아 올린 생선을
카메라에 담았다. 그들은 도수 높은 술을 마시고 있었고
작은 유리잔에 그것을 담아 우리에게 권했다. 류는 극구
거절했고 나는 투명한 그것을 받아 마셨다. 뜨거워진 가
슴께를 부여잡자 그곳에 있던 모두가 웃었다.

　낮엔 뜨겁고 밤에 서늘한 여행 내내 나는 술을 자주 마
셨다. 류는 거의 마시지 않았다. 그는 조금이라도 긴장을
놓으면 우리가 함께 위험에 처할 것이라 생각했다. 홀로
취하는 날들이 이어졌다. 정신이 멀쩡한 류가 있어 더욱
안전하게 취할 수 있었다. 그러나 조금 외로웠다. 함께 흥
청망청 취하는 날들을 기대한 나는 철이 없었던 걸까? 나
는 점점 게을러졌고 류는 점점 무기력해졌기에 숙소는 쉽
게 엉망이 됐다. 그러나 다음 도시로 떠날 때면 함께 정신
을 붙들고 착실히 짐을 쌌다. 우리는 다시 한 번 탈 것에
의존하여 긴 시간 이동했다.

태국 여행 2

청소년 시절 여자 기숙사에서는 족집게로 서로의 겨드
랑이 털을 뽑아주는 데에 긴 시간을 보냈다. 제대로 밀거
나 뽑지 않으면 남자 청소년들의 놀림감이 되었다. 나는
긴 털과 작은 가슴 때문에 오랫동안 수영장에 가지 못했
다. 수영 강습도 그 점이 언제나 불편했다. 여행 전 수영
장이 달린 숙소를 보자마자 정확히 세 곳에 밀집된 털부
터 걱정되었다. 여행 가방에 다양한 제모 용품을 챙겼다.
그러나 제모 크림과 제모 스트립, 면도기는 단 한 번도 사
용되지 않고 고스란히 한국으로 돌아왔다.

막상 여행지에 도착하니 이전에 여행지에서 늘 겪었던 감정이, 몸이 기억하고 있다는 듯 찾아왔기 때문이다. 털은 물론이고 온갖 꾸밈으로부터 자유로웠다. 제모도 화장도 목욕도 하고 싶으면 하고 하기 싫으면 그만두었다. 수영복 팬티 아래로 이어지는 털들과 겨드랑이를 메운 털들이 파란 풀장의 물속에서 넘실거렸다.

몸에 관한 해방의 경험은 열아홉 살에 떠난 배낭여행으로부터 시작되었다. 아는 사람이 없었기 때문에 낮에도 브래지어를 벗을 수 있었다. 내 가슴은 그때나 지금이나 과일 푸딩 두 개를 엎어놓은 것만큼 작기 때문에 브래지어는 무용지물이었다. 그러나 갑갑한 것보다 가슴이 작아 보이는 것이 더 싫었기에 열심히 차고 다니던 때가 있었다. 여행지에서 속옷을 벗자 옷 사이로 바람이 통했다. 등과 가슴에 땀이 차지 않는 경험은 가슴속까지 시원하게 했다.

그러나 수치는 불시에 찾아왔다. 잘츠부르크의 모든 숙소가 다 나가고 없는 것 같던 성수기에 한인민박의 사장이 일행과 나를 구해주었다. 비가 오던 날 와이파이가 터지는 맥도날드에서 그를 기다리고 있던 우리는 어찌나 고맙던지 전화기에 대고 고맙다는 말을 수차례했다. 땀과 비가 머리칼에 잔뜩 달라붙은 채로 퀴퀴한 더블룸에 들어가 안도의 한숨을 내쉬었다. 파마머리의 사장에게 몇 번 더 고맙다는 말을 한 뒤 돈을 지불했다. 그리고 가방을 주우려 허리를 숙이는데 그가 말했다. "야 너는 여자애가 어떻게 브라자를 안 하고 다니냐? 가슴이 껌 딱지만 해서 안 창피하냐?" 그의 훈계는 나의 몸을 초라하게 만들었고 위축시켰다.

질 나쁜 훈계에도 불구하고 배낭여행 이후 옷 사이로 바람이 드나들던 감각을 잊지 못했다. 체하지 않고 음식을 씹어 넘기던 날들도 그리웠다. 몹시 조이는 브래지어 탓에 음식이 늘 가슴 아래로 내려가지 못하는 것 같았다. 가끔씩 탈브라를 시도했다. 완전한 탈브라의 세계로 넘어간 것은 한 여성 연예인 덕이었다. 그녀가 옷 속에 브래지어를 입지 않고 찍은 사진이 논란거리가 되자 그 결심이 든 것이다. 그녀의 속옷 상태를 감별하고 훈계하는 일명 '프로브라감별사'들이 판을 칠 때에야 이것은 초라해질 문제가 아니라 화를 내야 한다는 것을 알았다. 태국에서 밀집된 털들을 나부낄 수 있었던 것도 일정 부분 그녀의 공이었다.

내가 여행지에 취해 통증이 줄고 있던 어느 날 류가 앓아누웠다. 열이 펄펄 끓던 그에게 한국에서 가져온 마시는 감기약을 타주었다. 커피포트가 없는 숙소였다. 나는 깜깜한 방에서 노랗게 빛나는 분말을 찬물에 열심히 섞었다. 그는 숙소에서 내내 자거나 혹은 유튜브로 운남성의 요리 채널을 보았다. 한국에서도 물론 류는 종종 몸이 아팠다. 나는 류가 아플 때마다 죽을 끓이고 각종 약을 구해주었지만 그는 그것들을 자주 거절했다. 자신은 면역력이 강해서 약 없이도 쉽게 낫는다고 했다. 태국에서는 그의 기양양함이 사라진 모습이었다. 그런 류의 모습이 낯설었다. 그리고 불안감에 휩싸인 그를 보며, 그가 나를 돌보던 때를 돌이켜보게 되었다. 불안한 사람을 보는 것은 아주 불안한 일이었다. 위태로운 나를 돌보았던 류의 심정을 나는 결코 이해할 수 없을지도 몰랐다.

잠에 든 류를 방해하지 않기 위해 숙소에서 나와 디자인 대학에서 열리는 전시로 향했다. 태국의 날씨는 여전히 볕에서는 뜨겁고 그늘에서는 서늘했다. 나무 그늘에서 걷자 가슴에도 겨드랑이에도 바람이 오갔다. 열여덟 살에 떠난 배낭여행에서 그랬던 것처럼 몸이 시원해지자 마음도 시원해졌다. 미숙한 영어를 구사하며 길을 찾고 전시를 보고 작은 선물들을 사고 커피를 사 마셨다. 벤치에 앉아 몇 달간 밀린 메일에 답장을 보냈다. 저녁 무렵 숙소에 돌아오자 류는 여전히 운남성 지방의 요리 영상을 보고 있었다.

한국에 돌아온 뒤로 내 털들은 여전히 무성하다. 여름은 다가오고 소매는 짧아지고 있다. 나는 이번 여름 제모하지 않기로 선택할 수 있을까? 나는 가끔 모르는 사람이 내 겨드랑이를 찍어 올리는 상상을 한다. 이것은 피해망

상이 아니다. 여성 연예인의 겨드랑이 털 사진이 남초 커뮤니티의 웃음거리로 소비되고 덜 자란 여성의 겨드랑이 털을 샤프심에 비유하는 사회에 살고 있기 때문이다. 나는 그들을 오히려 비웃기로 큰 결심을 해본다. 혼나고 초라해질 사람은 내가 아니라 그들이라는 것을 기억하면서. 내 몸을 보다 자유롭게 해주었던 이와 그녀를 훈계하던 이들을 떠올리면서.

리모델링

일터와 가까운 수도로 상경하고 싶었다. 수도의 집세
는 생각 이상으로 비쌌다. 할 수 없이 B시 집의 계약을 연
장했다. 고요의 공간에서 소음의 공간으로 돌아온 뒤 금
세 우울감이 찾아왔다. 여독이라 말하기엔 기간이 길었
다. 뒤통수와 목, 어깨 통증도 함께 돌아왔다. 신경정신과
에 찾아가 그 낙차에 대해 말했다. 그러자 의사는, 그래도
다행인 것은 환경을 바꾸면 행복해질 수 있다는 거네요,
하고 말했다.

나는 그 말에 머리털이 쭈뼛 서는 것 같았다. 그간 의

사에게서 들었던 답변 중 가장 명쾌했다. 나는 당장 집을 변화시켜 보기로 했다. 차도 면허도 없었기에 인터넷으로 레이스가 달린 커튼과 벽걸이 행거, 흰 이불 커버와 나무 상판이 달린 철제 책상을 주문했다. 지역 기반의 중고 장터에서는 스툴과 각종 보드게임, 잔털이 잔뜩 박힌 라탄 러그를 구매했다. 변화에 대한 기대감 때문인지 온몸에 피가 세차게 도는 것 같았다. 그 시기의 내 몸을 누가 만졌다면 강력한 기가 흐른다는 걸 감지했을 터였다. 놀라거나 두려워서 심장이 두근거린 게 아니라 신이 나서 심장이 두근거렸다. 없던 힘이 생겼다. 걸어서 20분 거리의 시장에서 페인트를 두 통 사오고 내 키보다 더 큰 철제 책상을 조립했다.

류와 함께 페인트를 칠하고 침대를 옮기고 커튼을 새로 달고 러그를 깔고 식탁을 들어 올리고 새로 사온 꽃까지 화분에 꽂자 우리의 집은 완전히 다른 모습이 되었다. 류와 나는 흰 벽 아래에 있는 흰 이불 위에 누웠다. 그간 벽지에 피어오른 곰팡이를 볼 때마다 내 죄의 형상을 보는 것 같았는데 그것이 희게 변하자 마음까지 새하얘지는 것 같았다. 집의 구조를 이리저리 바꿨다. 흰 천을 씌운 김장용 고무 대야를 밥솥 아래에 두었다가 침대 옆에 두었다가 다시 밥솥 아래에 두고는 했다. 버스를 타고 가다 '들고 가세요'라고 쓰인 가구를 보고 두 번이나 택시에 실어 집으로 옮겼다. 3층까지 원목 서랍과 교회에서 쓸 법한 거대한 유인물 꽂이를 혼자 힘으로 옮겼다. 택시에서는 가구가 차 문에 자꾸만 부딪혔고 택시 기사는 언짢은 소리를 냈다.

나는 내 안의 불가사의한 힘을 이해하기 어려웠다. 몸이 아프지 않은 것은 아니었다. 다만 얼굴과 목을 레고처럼 몸에서 분리하고 싶다는 욕망은 줄었다. 감당할 수 있는 통증이었다. 어느 날 나는 버거킹 키오스크 앞에 서서 류에게 메시지를 한 통 보냈다. "나 요즘 좀 이상해." 그러자 류는 전화를 걸었다. 그리고 심각한 어조로 말했다. "나도 요즘 네가 조금 걱정됐어."

우리는 변한 집에 앉아 이야기를 시작했다. 류는 경조

증의 정의와 증상을 조심스레 읊어주었다. 조울증의 전 단계, 불규칙한 수면, 충동적 과소비, 팽만한 자신감 같은 것들이었다. 확실한 것이 있었다. 나는 분명 며칠간 집을 변화시킬 흥분과 설렘에 잠이 오지 않았고 집에 놓을 것의 주문을 서둘렀으며 없던 힘을 발휘했다. 모두 환경을 바꾸기 위해서였다.

그가 경조증의 증상을 읊는 순간 눈물이 터졌다. 호전이라고 생각했던 일련의 일들이 다시 병증으로 갇히는 순간이었다. 분하고 억울했다. 동시에 나의 형제 훈을 떠올렸다. 그는 10년이 넘게 조울 증세를 겪고 있다. 그는 병과 약이라는 말에 질겁을 했다. 약이 그를 살찌게 했고 무력하게 했기 때문이다. 혈기왕성하던 그에게 약은 졸음과 체중 증가를 가져다주었다. 훈은 조와 울을 넘나들며 손목에서 자주 피를 쏟았다. 부모님은 빚을 내 그를 입원시켰다. 강제 입원을 했다가 퇴원한 그는 내 손목을 붙잡고 눈물을 흘리며 거긴 병원이 아니라 감옥이라고 말했다. 우울감 탓에 매일 졸거나 울다 드디어 어떤 시기에 활력을 찾았는데, 결국 또 다시 자신을 졸게 만드는 사람과 병

164

원과 약을 증오했다. 훈은 그를 입원시킨 부모에게 욕을
하며 화를 냈다. 나는 훈의 분노와 슬픔을 떠올리며 더 크
게 울었다.

쉬엄쉬엄이라는 말이 점점 싫어졌다. 아프지 않을 때
를 빠르게 누리고 싶었다. 언제 또 다시 찾아올지 모르
는 정체 모를 통증과 우울감으로부터 멀리 달아나고 싶었
다. 그와 동시에 식욕이 돌았고 쫓기듯 밤늦게 음식을 먹
었다. 새벽 4시에 라면을 끓이고 잼 발린 편의점 샌드위치
를 먹었다. 정말 오랜만에 돌아온 식욕이었다. 지난 몇 년
동안 음식 냄새를 맡으면 자주 속이 울렁거렸다. 고기의
누린내, 튀김 기름 냄새, 샐러드 야채를 씻으면 풍기는 풀
비린내 같은 것들이 싫었다.

입맛이 도니 살기 위해 먹는 것인지 먹기 위해 사는 것
인지 분간하기 어려웠다. 다만 입 안 가득 음식을 욱여넣
으며 빠르게 변화하는 내 몸이 걱정됐다. 한 달 새 3킬로
그램이 쪘기 때문이다. 상담 선생님은 에너지를 쓰니 식
욕이 도는 것은 당연한 일이라고 말했다. 또 경조증에 관

해서는 전문가의 소견이 필요한 일이니 너무 걱정 말라며 나를 안심시켰다. 그런데 막상 정신과 의사는 경조증이라 짐작한 류의 말이 일리가 없는 것이 아니라고 했다. 약을 바꾸진 않았지만 염려를 내비쳤다. 혼란스러웠다. 그러나 드디어 찾아온 활력을 결코 떠나보내고 싶지 않았다.

집을 변화시키며 부엌을 리모델링하지 못했다. 부엌 찬장에 붙어 있는 민트색 시트지를 모두 바꾸려면 상당한 노동력과 비용이 발생하기 때문이다. 변화를 가로막는 것이 그곳에 있었다. 나는 여전한 것을 쳐다보고 싶지 않았다. 나의 집은 원룸이지만 식탁을 사이에 두고 부엌으로 거의 이동하지 않았다. 류와 나는 각자가 쫓기는 것들로부터 분주했다. 누구도 부엌은 돌보지 않았다. 그 사이 냉장고가 고장났다. 냉동실은 멀쩡한 반면 냉장실은 점점 미지근해졌다. 냉장실 문을 열거나 싱크대 앞으로 다가가면 악취가 났다. 하얀 크림치즈 뚜껑을 열면 새카만 곰팡이가 가득했고 김치 위에는 파랗고 하얀 곰팡이가 앉았다. 그릇이 켜켜히 쌓여 산이 되어버린 싱크대 안에는 배

달 음식을 먹고 남은 음식물이 썩어가고 있었다. 아침이 오면 우리는 미지근한 계란을 부쳐 먹었고 언 식빵을 데워먹었다.

훈

머리카락을 아주 짧게 잘랐다. 머리카락이 머리에 완전히 달라붙은 백인 여성의 사진을 미용실에 들고 갔다. 굵은 내 머리카락은 위로 비죽 솟은 잔디밭과 같은 모양이 되었다. 내 생일을 맞아 가족이 있는 S시로 향했다. 식탁에는 미역국과 콩나물 잡채, 버섯전과 등갈비 김치찜이 올랐다. 나는 그간의 일상을 이야기했다.

여행 이야기와 돌아온 식욕에 관한 이야기, 친구들과 보낸 생일 파티 이야기를 했다. 식사를 마친 엄마, 아빠는 즐겨보는 드라마 한 편을 본 뒤 둘만의 낭독 모임을 시작했다. 봄이 찾아와 우울기에 접어든 형제 훈과 나는 방으로 들어가 담배를 피웠다. 훈에게 나의 변화에 관해 이야기했다. 이전에는 몸이 아파 에너지를 분출하려면 소리를 지르며 우는 수밖에는 없었는데 이제는 새벽에 달릴 수 있다고, 먹을 수 있다고, 친구들을 만나 밤늦게까지 술을 마실 수 있다고 했다. 그리고 이 일련의 일들을 경조증으로 우려하는 이들에 대해 말했다.

나는 이제 그만 등을 떼고 싶은데 다시 등을 붙이라는 것 같았어, 하고 말하자 훈은 갑자기 어떤 예고도 없이 꺽꺽 하고 울었다. 내가 그랬어, 내가 그랬어, 하며 울었다. 그는 어느새 10년 전에 만난 애인의 이름을 입에 올리며 울었다. 그리고 비밀 하나를 알려주며 또 울었다. 그는 두툼한 손으로 몸집에 비해 작은 얼굴을 하염없이 닦았다. 그와 이야기를 마치자 허기가 졌다. 엄마가 만든 애호박전 한 판을 해처웠다. 엄마는 나의 낯선 모습에 당황하여 잠시간 입을 다물지 않았다. 엄마와 아빠는 머리를 짧게 자르고 음식을 양껏 먹는 나를 보고 훈의 모습이 오버랩된다고 말했다.

훈이 내 앞에서 울던 모습은 10여 년 전의 일들을 떠올리게 했다. 그는 자주 방문을 걸어 잠그고 매일 밤과 낮울었다. "살려줘."라고 말하며 소리를 질렀다. 나는 그 소리가 듣기 싫었다. 가슴에 돌이 쌓여가는 느낌이 들었다. 가슴께가 답답하고 무거운 감각이었다. 나 또한 방문을 걸어 잠그고 큰 소리로 록 음악을 들으며 울었다. 우리는 그렇게 각자의 방에서 자주 울었다.

훈은 어느 시기가 지나면 언제 그랬냐는 듯 활기를 찾았다. 머리를 노랗게 탈색하고 밤이면 집에 들어오지 않았다. 클럽에서 춤을 춘다는 것은 알 수 있었으나 그가 밤마다 벌어오는 돈의 출처는 알 수 없었다. 그는 내게 별다른 정보 없이 아르바이트를 총 네 개 하고 있다고 말했다. 그는 어느 날 오토바이를 샀고 어느 날엔 차를 샀고 어느날엔 고양이를 샀다. 돈이 모자라면 집에서 장식품 역할만 하던 스탠드형 에어컨이나 김치 냉장고를 엄마, 아빠몰래 팔았다. 젊고 마른 훈은 인터넷 쇼핑몰을 들락거리며 벌어들인 돈을 썼다. 나는 그때 훈이 쇼핑몰에서 받을적립금을 위해 수많은 착용샷을 찍어주어야 했다.

훈이 다시 우울해질 때면 방문을 걸어 잠그고 밥을 먹었다. 숟가락 긁는 소리에 잠이 깨서 나가 보면 그가 냄비에 담긴 찌개에서 고기를 건져 먹고 있었다. 훈은 당시 먹던 신경정신과 약의 부작용으로 살이 찌기 시작했다. 아주 빠른 속도로 그의 체형이 변해갔다. 그는 뚱뚱해진 자신의 외모를 싫어했다. 약을 저주했고 그 뒤로 어떤 약에도 손을 대지 않았다.

그는 어느 날 적립금을 위해 착용샷을 찍던 때를 그리워하며 울었다. 그가 되찾고 싶은 것은 빛나던 시절의 몸매만이 아니었다. 그가 늘 원하는 옷차림과 헤어스타일 역시 2000년대 중후반에 머물러 있었다. 그래서 그의 모습은 세월이 흘러도 자신의 스타일을 고수하는 가수 문희준처럼 보였다.

부모님과 함께 수도와 멀리 떨어진 S시로 이사한 훈은 그곳에서 나를 자주 기다렸다. 내가 집에 오면 트럼프 카드를 꺼냈다. 푸실리 파스타나 검은콩을 칩으로 준비한 뒤 한바탕 게임을 벌였다. 훈의 모습은 가족들을 모아 보드게임 대회를 필사적으로 개최하던 나의 모습과 비슷했다. 우리는 포커, 블랙잭, 훌라, 바둑이 같은 이름의 카드 게임을 했다. 나는 게임의 규칙을 잘 이해할 수 없었고 훈은 어느 때보다 온화하게 게임의 규칙을 다시 설명해주었다.

그는 소중한 시간을 망치고 싶어 하지 않는 것처럼 보였다. 훈은 게임에서 이기면 EDM 음악 소리를 입으로 흉내 내며 양팔을 옆으로 벌리고 로보트처럼 춤을 추었다. 나도 그를 따라 로보트 춤을 추었다. 언젠가는 그에게 강의를 들었다. 그는 삼국지를 읽지 않은 내게 유비와 장비, 관우에 대해 말해주었다. 이 새끼와 저 새끼, 그 새끼의 지칭으로 듣는 삼국지 이야기는 어떤 수업보다 재미있었다. 그것은 모두 그가 초등학교 시절에 익힌 것이었다. 그가 알고 있는 오래된 소설과 역사, 정치적 사건, 동식물에 관한 지식은 모두 그 시절에 기억해둔 것이다.

S시에서 집으로 돌아온 다음 날 관광객이 많은 수도의 쇼핑센터를 찾았다. 허리춤에 메는 가방을 사고 화장품을 사고 티셔츠를 세 장 샀다. 왜 계속해서 무언가 사고 싶어

172

지는지 알 수 없었다. 쇼핑몰 계단에 앉아 무언가 살지 말지를 한참 고민하다 결제하는 일을 반복했다. 사람이 많은 곳에선 몸이 딱딱하게 굳고 몸이 굽던 내가 여섯 시간가량을 걸었다. 집에 오자마자 구매한 물건들을 내려놓았다. 꺼내보니 거의 마음에 들지 않는 물건들이었다.

나는 어느새 훈을 닮아가고 있는 것 같았다. 앞으로 감당할 수 없을 만큼의 소비를 할 수 있을 것 같았다. 나는 그것이 두려웠다. 또한 훈에게 가했던 혹은 가해진 질타들이 내게도 쏟아질까 두려웠다. 그 질타는 미쳤다는 말 같은 것이었다.

나의 모든 행동이 내 것이 아닌 것 같았다. 어떤 병의 이름이 내 어깨에 앉아 나를 조종하는 듯했다. 두어 달 만에 열과 성을 다해 큰 울음을 터뜨렸다. 두려움이 떨쳐지지 않았고 오한이 들었다. 며칠 동안 추위와 더위 탓에 새벽마다 잠에서 깨어 잘 자지 못했다. 땀을 뻘뻘 흘리다가도 금세 소름이 돋았다. 나는 바지를 벗어던졌다가 다시 입었고 이불을 머리끝까지 덮었다가 이불 위에 올라가 누웠다. 수면제를 먹고 억지로 잠에 들었다. 오한과 두려움

속에서 나는 많은 것을 잊어가는 듯했다. 머리를 짧게 자른 이유, 마음에 들지 않는 옷을 산 이유, 두어 달간 아프지 않았던 몸 같은 것들이 기억나지 않았다.

변경

신경정신과에서 양극성 장애에 관한 약을 처방받았다. 병원을 바꾸기 위해 소견서도 함께 받았다. 의사는 무뚝뚝했다. 처음 그를 찾아갔을 땐 사실 그 점이 가장 마음에 들었다. 각종 병원을 오고가며 들었던—'젊은 사람이'로 시작하는—훈계가 지겨웠기 때문이다. 말이 없다는 것은 나에 대해 어떠한 판단도 안 하는 것처럼 보였다. 하지만 2년째 계속되는 그의 침묵은 환자에 대한 판단과 함께 관심도 없어 보였다. 그의 진료실에 들어가면 내게는 암묵적으로 2분 정도의 시간이 허용된다. 대기실을 가득 메운 환자들, 차트만 바라보는 그의 표정 때문에 눈치가 보인다.

나는 내 멋대로 의사의 표정에서 지겨움 같은 것들을 읽는다. 하루에 몇 번이고 죽음을 향한 갈망에 대해 듣는 그를 상상한다. 내가 진료실 의자에 앉자 의사는 "어떠셨 어요?"라고 한마디 한 뒤 펜을 잡는다. 나는 나의 신체화 증상과 감정의 진폭을 가능한 한 빨리 설명해야 한다. 감정 표현은 우울하거나 슬프다는 말로 추상화된다. 추상화는 내가 그렇게 느낄 수밖에 없었던 맥락을 모조리 삭제한다.

의사에게 가장 자신 있게 할 수 있는 말은 심장이 뛴다 거나 손이 떨린다거나 몸의 일부에서 통증이 느껴진다는 말들이다. 혹은 감정을 제어할 수 없어 자해를 했다는 이 야기다. 신체에 나타나는 증상은 감정보다 직관적이기에 빠른 이해를 도울 수 있다고 생각했다. 그러나 나의 신체 증상에 관해서도 그는 듣기만 했다. 몸의 변화에 관한 이 유를 물어도 그것이 한 가지 원인 때문일 수는 없으니 약 의 반응을 더 두고 보자는 말을 하거나 약을 증량했다. 내 몸이 실험 도구처럼 여겨졌다. 신경정신과는 약을 처음 처방받거나 변경할 때 처방전을 함께 발행해주지 않았다. 의사에게 처방전을 왜 발행하지 않느냐고 묻자 환자가 자신이 먹을 약에 대해 꼭 알 필요는 없다고 했다. 그 때문일까? 그는 나와 상의 없이 약을 변경한 적도 있다.

나는 그가 한 번쯤 내게 무언가 물어주기를 바랐다. 그것이 아니라면 일차원적인 공감이라도 받고 싶었다. "힘드셨겠네요."라고 단 한 번만 말해준다면 그가 금세 좋아질 것 같았다. 그러나 그는 말이 없었다. 나는 의사의 태도를 조심성이 강한 것이라 열심히 이해해본다. 환자에게 어떤 원인이나 병명을 함부로 전달했다가는 환자가 그것에 속박당할 수 있기 때문이다.

그러나 나는 이름 없는 통증과 감정의 기복에 이름을 붙이고 싶었다. 사회적으로 붙여지는 나의 병명이 무엇인지, 내가 어떤 성분의 약을 복용하고 있는지, 어떤 위험을 감수해야 하는지 알고 싶었다. 나로서는 이유를 알 수 없는 것이 다양한 가능성을 제시하는 것보다 더 두려웠다.

더 많은 상상을 하게 했기 때문이다. 2년간 처방받았던 약의 처방전과 소견서를 통해서야 나의 진단명을 처음 확인할 수 있었다. 소견서에는 다음과 같은 글이 세 줄 적혀 있었다.

주요 우울 장애
O/R 양극성 기분 장애
상기 진단으로 의뢰합니다.

이 자료는 의료계 종사 권위자가 말했다는 것 이상으로는 큰 효용이 없었다. 보다 더 구체적인 소견을 원했다. 소견서의 빈칸 옆에도 분명 '구체적으로 기술'이라는 말이 적혀 있었기 때문이다. 의무기록을 요청했다. 간호사가 상담 내용들을 복사하기 시작했다. 병원 소파에 앉아 15분 정도를 기다린 뒤 의무기록 사본에 대한 금액을 지불하고 그것을 받아들었다.

지하철 에스컬레이터 옆에 앉아 두근거리는 마음으로 서류를 꺼냈다. 서류는 내가 조증 삽화가 발생했다고 유

추하는 여섯 번의 상담기록만이 있었다. 그 여섯 장마저
도 내가 2분 안에 빠르게 말했던 추상적 감정만이 적혀 있
었다. 이렇게 짧고 간단한 글을 통해 약을 처방받는 것이
께름칙했다. 신경정신과 약은 내과에서 처방받는 감기약
과는 달랐다. 약이 내게 어떤 반응을 보일지 전혀 예상할
수 없기 때문이다.

한 기사로 접한 조울증 환자는 자신에게 맞는 약을 찾
기까지 열여덟 번가량 약을 변경했다. 그간 조금씩 약을
바꿔왔지만 한꺼번에 다섯 알이 바뀐 적은 처음이었다.
조금 겁이 났지만 무언가 다른 약이 필요한 것은 확실했
다. 손이 심하게 떨리거나 잠이 잘 오지 않았기 때문이다.
새로운 약을 꺼내 살펴보았다. 전보다 모두 톤다운된 색
이었다.

산보 1

　몸과 마음에 긴장이 줄고 조금 들뜨기 시작하면서부터 자주 집 밖을 나서고 싶었다. 오히려 누워 있으면 통증이 심해졌다. 다리를 떨지 않거나 집 안을 어슬렁대지 않으면 불안감이 밀려왔다. 전날 벗어놓은 옷들을 개고 그릇을 씻고 밀대로 바닥을 밀었다. 정리를 다 마치고 나면 금세 다시 마음에 허기가 졌다. 몸이 내게 놀자고 말하는 것 같았다.

　산보를 시작했다. 가장 안전하고 건강하고 값싼 불안 해소법이다. 마침 초여름이 시작되고 있었다. 여름의 해는 물리치료실에서 받는 찜질보다 통증 완화에 도움이 된다. 뜨거운 볕이 목과 어깨에 닿으면 목을 돌리는 것이 수월해지기 때문이다. 매일 산보를 시작한 지 5일째였다. 막 시작한 산보는 작년 이맘때의 산보와 달랐다. 통증이 줄었고 헤드폰이 생겼기 때문이다. 두 요소 모두가 나를 더 당차게 걷게 했다.

운동기구를 이용하러 공원에 가는 것이 산보의 첫 단계였다. 나는 능숙하게 기구를 쓰는 노인들을 보며 더 좋은 사용법을 배우곤 했다. 기구를 통해 허리를 돌리거나 어깨를 돌리고 있으면 공원에 위치한 식수대 앞으로 사람들이 모여들었다. 거의 열댓 명의 사람들이 그 앞을 서성였다. 식수대 앞에는 급수 가능 시간과 함께 다음과 같은 문구가 또렷하게 적혀 있었다. "1인당 페트병 5개 이내 취수 제한합니다/채수를 기다리는 동안 시민과 언쟁 등 고성을 자제 바랍니다." 사람들은 어떠한 언쟁도 고성도 없이 묵묵히 물을 담았다. 다만 대부분 페트병의 수가 다섯 개를 넘었다. 많은 사람은 손수레를 지참했다. 오토바이를 끌고 오는 사람도 있었다.

그들을 보고 있으면 일본의 학자 사카구치 교헤이가 떠오르고 그가 만든 개념 '도시형 수렵 채집'도 떠오른다. 그것은 자본주의의 틈에서 살아가는 방법론이다. 그는 자본의 논리, 토지에 관한 현 시스템에 의문을 제기한다. 교헤이는 주인 불명의 땅과 자원을 찾아 나선다. 자신만의 신정부를 개설하고 움직이는 집을 만들어 무료 주차장에서 생활하기도 한다.

나도 자본의 틈에서 유희하기 위해 산보를 했다. 도시가 마련해놓은 공짜 운동기구를 모두 즐기고 나면 물가로 향했다. 물가는 내 몸 상태만큼이나 작년과 모습이 달라져 있었다. 풀과 꽃 들이 무성해졌고 물고기는 통통하게 살이 쪘다. 목과 다리가 긴 새도 처음 발견했다. 나뭇가지 같은 다리를 가진 그 새는 아주 천천히 물을 가르며 걸었다. 기다란 목 또한 앞뒤로 천천히 움직였다.

새는 종종 걸음을 멈추고 한참을 가만히 있었다. 그러다 풀숲으로 목을 빠르게 집어넣어 입으로 물고기를 낚아

챘다. 새가 물고기를 삼키면 가느다란 목 안에서 물고기가 움직이는 게 다 보였다. 너댓 명의 사람들이 모여 그 과정을 촬영하곤 했다. 사람들이 새를 둘러싼 풍경을 지켜보는 일은 흥미로웠다. 새를 향한 탄성이 헤드폰을 뚫고 들려오기 때문이다. 새를 지나쳐 음악 소리에 몸을 맡기고 새보다 조금 빨리 목을 움직였다. 무선 헤드폰이 생긴 뒤로 물가 위를 지나는 차 소리로부터 자유로워졌다.

집으로 돌아오는 길에 이런 생각을 했다. 내 동네의 거리 위 그 많은 가정용 의자는 누가 다 가져다놓은 것일까? 나는 다시 한 번 교헤이를 떠올렸다. 길가에서 쓰임 받는 가정용 의자나 평상이 있는 곳이 공짜로 취할 수 있는 공공의 공간이자 현 사회의 마당처럼 보였기 때문이다. 나는 도시의 유령처럼 동네를 돌아다니는 의자를 본 경험도 있다. 사용자에 따라 이동하고 있는 중이었다.

나의 동네는 토지의 값이 오르지 않아 균질화, 획일화하는 것을 포기한 버려진 도시인 것일까? 그러나 아스팔트를 점령한 사물들을 보며 누구의 사유지도 아닌 공유 공간의 가능성을 보았다. 도시의 틈과 토지의 틈이 생긴 것이다. 사적인 사물로 취급되는 가정용 가구가 거리에 나와 있는 모습은 공과 사의 경계를 허물고 있었다.

공공의 공간을 생각한다. 특히나 몸이 아프고 소득이 적은 사람이 향유할 수 있는 공간을 상상한다. 나의 동네에서 그 많은 가정용 의자나 시계, 평상이 사라진다면 아쉬울 것이다.

산보는 보통 30분 안에 끝이 났다. 그 정도의 시간이 지나면 등에서 땀이 흘러내리기 때문이다. 집으로 돌아오며 다시 한 번 식수대 앞을 지나친다. 사람들은 여전히 물을 담고 있었다.

산보 2

류가 오기만을 기다렸다. 집에 홀로 있는 동안의 심심함을 참을 수 없었다.

그에게 전화를 걸어 산보 요청을 했다. 류가 귀가하자마자 밖으로 나섰다. 오랫동안 안 읽는 책들을 중고 서점에 가져다 팔았다. 그중 반절은 곰팡이가 피었거나 물에 젖은 흔적이 있다는 이유로 버려졌다. 책값으로 1만 5,000원을 받았다. 류는 만화책 코너에 앉아 키득거렸고 나는 전자책 단말기를 만지작댔다.

글쓰기 수업을 늘린 뒤로 소득이 늘었다. 사고 싶은 것들도 한순간에 늘었다. 다만 사고 싶은 것이 명확하지 않았고 눈에 보이는 많은 것에 탐을 냈다. 그것들을 다 사버리고 나면 지난번처럼 흐느낄지도 모를 일이었다. 온라인 중고마켓에 들어가 전자책 단말기를 둘러봤다. 중고가도 값이 꽤 비쌌다. 나는 다시 서점에 비치된 전자책 단말기를 손에 들었다. 페이지를 넘기려 버튼을 누를 때마다 딸깍거리는 소리가 좋았다.

허기가 밀려왔다. 우리는 햄버거 가게에 갔다. 3,500원짜리 팥빙수와 감자튀김을 시켰다. 깨를 빻는 돌절구만 한 그릇에 간 얼음과 팥, 인절미와 딸기잼을 끼얹은 아이스크림이 올라왔다. 우리는 그것을 퍼먹거나 감자튀김 위에 올려 먹으면서 다가오는 여름을 맞이했다. 실내가 더워 빙수를 먹는데도 몸이 끈적거렸다. 새 책을 파는 서점으로 향했다. 류는 좋아하는 작가의 인터뷰가 실린 잡지를 구매했다. 사고 싶은 것이 명확한 류가 부러웠다.

잡지를 달랑달랑 들고 도넛집으로 향했다. 인절미만 한 도넛을 여덟 개 샀다. 이제 그만 구매는 멈추고 본격적인 산보를 시작하려는데 한 중년 여성이 전단지를 건넸다. 새로 개업한 필라테스 센터의 전단이었다. '64프로 할인'이라는, 아주 큰 글씨가 눈에 띄었다. 필라테스가 재활에 탁월하다는 이야기는 숱하게 들어왔다. 우리는 도넛과 잡지를 손에 들고 그곳으로 향했다.

건물 계단을 오르자 층계참에 간이 테이블을 두고 두 여성이 나란히 앉아 있었다. 그들은 공사가 끝나지 않은 실내로 우리를 안내했다. 바닥에는 깔다 만 대리석이 빛나고 있었다. 여성 전용 센터였지만 실내에는 내 또래의 남성이 앉아 있었다. 그는 필라테스를 해보려는 이유에 대해 물었다. 나는 능숙하고 신속하게 내 질병에 대해 말했다. 그는 그것을 대략 받아 적고는 1대1 강습을 권했다. 단체 강습은 나의 개인적인 질병에 케어를 해줄 수 없기 때문이었다.

문제는 금액이었다. 그는 비닐 파일을 꺼내 펼쳤다. 1대1 강습 비용은 내가 주민센터에서 받던 요가 강습의 금액보다 서른 배 비쌌다. 단체 강습은 열다섯 배 비쌌다. 64프로 할인되는 금액은 1년 이상 신청했을 때만 가능한 금액이었다. 그는 금액을 찍어가지 못하게 했다. 우리는 다시 도넛과 잡지를 손에 들고 그곳에서 나왔다.

반대편에도 필라테스 센터가 있었다. 류와 나는 혹시 모른다는 마음에 건물로 향했다. 문을 열기도 전에 시끄러운 소리가 들렸다. 문을 열자 몸에 딱 달라붙는 운동복 차림의 수많은 여성이 운동을 하고 있거나 땀을 닦고 있었다. 강사들은 소리 높여 무언가를 말하고 있었다. 운동복을 차려입은 한 여성이 비닐 파일을 들고 우리를 테이블로 안내했다. 새로 찾은 센터의 금액은 비교적 저렴했다. 하지만 여전히 주민센터의 요가 강습보다 다섯 배 정도 비쌌다.

나는 그녀에게 섬유근육통에 대해 소개했다. 그러자 그녀는 '섬유근육통'을 또렷하게 발음하며 앞으로 그 질병에 대해 공부하겠다고 말했다. 그 말을 하는 커다란 눈의 그녀가 고마웠다. 나는 작게 말했고 그녀는 내 말을 놓치지 않으려 고개를 내민 채 큰 눈을 부릅뜨고 있었다. 그녀의 친절은 "걱정 말아요. 내가 곁에 있어요."라기보다 "있다. 내가. 네 곁에."에 가까웠다. 나는 그녀에게 점점 설득되었다. 다만 이 모든 제스처가 비즈니스의 일환일지도 모른다고 생각했다. 나는 사실 병원에서 찾을 수 없던 치료사를 찾고 있었던 것 같다.

류는 그녀에게 나보다 더 큰 신뢰를 얻었는지 자세한 것들을 열심히 문의하고 있었다. 나는 수많은 인파를 바라보며 그녀에게 사람이 많지 않은 단체 강습 시간대를 물었다. 사람이 많으면 불안하고 1대1 강습을 받자니 금전적으로 부담이 됐기 때문이다. 그러자 그녀는 잠시 곤란한 표정을 짓더니 이내 자신이 최대한 시간을 잘 조정해주겠다고 말했다. 나는 그 자리에서 계약서에 사인을 했다. 뭐라도 구매하고 싶었던 것인지 아니면 친절한 강사에게 마음을 뺏긴 것인지 알 수 없었다.

우리는 다시 도넛과 잡지를 들고 건물을 나왔다. 그리고 집으로 향했다. 우리의 산보 시간은 모두 구매 행위로 채워졌다. 산보를 통해 자본의 틈을 발견하고자 한 지 얼마 되지 않은 날이었다. 하지만 지난날 원치 않는 물건을

펼쳐두고 흐느껴 울던 때와 기분이 달랐다. 류와 나는 둘
다 조금씩 상기된 얼굴이었다.

우리는 필라테스가 내 몸을 구하는 미래에 대해 상상
하고 말했다. 근력이 생기면 역시 걷거나 앉을 때 덜 힘들
겠지? 우리 너무 큰 기대는 하지 말자. 실망할 수 있으니
까. 그것은 내원해보지 않은 병원을 상상하는 마음과 같
았다. 내게 딱 들어맞는 치료제와 치료법이 있을지도 모
른다는 희망 같은 것이었다. 우리는 집에 도착해 도넛을
썹어 먹었다. 우리에게 생길지도 모르는 새로운 미래에
관해 상상하며 동시에 석 달 치의 필라테스 비용을 오래
오래 생각했다. 그러고 나서는 휴대폰으로 운동복을 구경
하는 데에 긴 시간을 쏟았다.

칼 든 토끼

타투를 받으러 갔다가 사주를 보고 왔다. 예전 신도시였던 B구에 있는 작업실에서였다.

그 도시에는 사람이 많지 않았다. 높은 산이, 조금 낮은 빌딩과 커다란 주유소를 둘러싸고 있었다. 노란색 빌딩의 꼭대기 층에 올라가 문을 두드렸다. 내 나이 또래 여성 둘과 녹색 앵무새가 나를 반겼다. 우리는 먼저 테라스에 들어가 이야기를 나눴다. 높고 둥근 산이 한눈에 바라다보였다. 나는 그 초록의 광경을 한동안 바라보았다. 둘 중 누가 타투이스트인지 알 수 없었다. 두 사람 모두 몸이곳저곳에 타투가 새겨져 있었다. 한 사람 팔에는 세일 러문이, 한 사람 팔에는 색색의 한자가 새겨져 있었다. 세 일러문을 새긴 사람이 타투이스트였다. 그리고 다른 한 명은 명리학자였다.

명리학자는 나의 이름과 생년월일을 받아 적었고 타 투이스트는 내 쇄골 쪽에 그림을 전사했다. 타투이스트가 바늘로 내 가슴을 찌르는 동안 명리학자는 내 사주풀이를 알려주었다. 쇠, 보석, 칼처럼 뾰족하고 예리하고 빛나는 것이 많은 금의 사주라고 했다. 또 나는 '신묘일주'로서, 칼을 든 토끼라고 했다. 칼을 입에 물고 깡총깡총 뛰어다 니는 토끼가 연상되었다. 간이침대에 누워 있는 동안 녹 색의 앵무새가 푸드득 소리를 내며 무릎 위로 날아왔다.

금의 사주이니만큼 나의 성질이 뾰족하고 예리하기 때 문에 몸이 자주 아플 것이라고 했다. 또 촉이 좋아 앞일을 꿈꾸거나 직접 맞춘다고도 했다. 나는 실제로 예지몽을 꾸거나 누군가의 경사를 아주 구체적으로 맞추곤 했기 때 문에 그 풀이가 신기했다. 그것을 명리학에서는 신병이라고 부르는 모양이다.

몸이 자주 아픈 사주라 말하는 것이 불쾌하거나 절망
적이지 않았다. 오히려 명쾌해지는 기분이 들었다. 나의
병증이 너무나 흐릿하기 때문이었다. 이유를 알 수 없는
통증과 명확치 않은 양극성 기분 장애 진단으로 혼란스러
운 가운데, 정해진 팔자를 말해주는 것이 아주 편리하게
느껴졌다. 그것이 나를 가둘지라도 차라리 확신에 찬 말
을 듣고 싶었다.

타투를 마치고 책상에 앉았다. 한자가 가득한 종이를
받아들었다. 종이 위에는 알아들을 수 없는 말들이 가득
했다. 내게는 나무가 무척 필요하다고 했다. 내가 왜 그리
여행지의 산들에 매혹되었는지 설명이 되는 것 같았다.

명리학자는 내게 서른 살에 대성할 팔자라고 했다. 최
근 들었던 말 중 가장 긍정적인 말이었다. 나는 그 막연한
이야기를 너무도 믿고 싶었다. 어떤 병원에서도 찾을 수
없던 희망을 선물 받은 것 같았다. 나는 그날 이후 서른
살이 되려고 매일 밤 잠들어보기로 했다. 이렇게 매일 자
고 일어나면 어느새 서른이 되어 있겠지 하며.

연애

류와 한 침대에 누워 각자 데이팅 앱을 이용했다. 그것은 내가 독점적 연애를 그만두고 싶어 했기 때문이다. 류와 연애를 시작한 지 3년째의 일이었다.

우리는 그간 서로에게만 시간을 할애할 수 있었다. 그렇기에 주고받을 수 있는 사랑의 총량이 컸다. 속수무책으로 거리는 좁아졌다. 동거를 시작하기 전 나는 류가 살던 세 평짜리 원룸을 거의 매일 찾았다. 그 집에는 딱딱한 사과 상자에 보자기를 씌운 간이 탁자가 있었다. 우리는 그 탁자 위에 대학가에서 파는 컵밥이나 감자튀김 같은 것을 올려놓고 먹었다. 그때까지만 해도 류 앞에서 큰 일을 볼 수 없었기에 아침이 되면 얼굴색이 노랗게 변해 있었다.

동거를 시작하면서부터 우리의 거리는 좁아질 대로 좁아졌다. 거의 붙어버릴 지경이었다. 서로가 서로의 식사를 챙기고 서로의 배변 활동을 지켜보았다. 내가 변기에 앉아 힘을 줄 때마다 류는 화장실에 들어와 쾌변을 기원하는 춤을 췄다.

나의 몸이 점점 아프기 시작하면서 류는 나를 돌보는 것에 점점 큰 시간을 할애했다. 다만 시간이 갈수록 그는 점점 지친 얼굴을 보여주었고 나는 죄스러운 얼굴을 보여주었다.

그는 어느 날부턴가 나를 구원하고자 했던 책임감이, 자신을 얼마나 짓눌렀는지에 대해 조심스레 밝히기 시작했다. 그 고백을 듣자 류가 내게 보였던 모든 배려를 그동안 너무나 당연스레 여겨왔다는 생각이 들었다. 그가 나를 돌보지 않는 사랑의 모양이 무엇인지 잘 상상이 되지

않을 정도였다. 하지만 조금은 분하기도 했다. 내가 그를
돌보던 시간은 없었는지 류에게 묻고 싶었다.

나는 그와 떨어져 있는 것을 점점 힘들어했다. 그가 곁
에 없으면 불안했다. 반면 류는 혼자 있을 시간을 강력하
게 원했다. 정사각형 모양에 가까운 나의 자취방은 각자
의 공간이 턱없이 부족했다. 그는 행거 사이 숨겨진 공간
에 들어가 있으면 말을 걸지 말아달라고 부탁했다. 그가
내게 열정적으로 애정을 공세하던 때를 생각하면 전세가
역전된 꼴이었다.

날이 더워지고 이런저런 치료를 통해 통증이 조금씩
줄어들면서부터 류가 내 몸을 안마하는 시간이 줄었다.
우리의 몸은 자연스레 멀어졌다. 류는 조금 더 바빠질 수
있었다. 나를 돌볼 시간이 줄었기 때문이다. 그는 사진 촬
영 일을 맡고 영어 과외를 하고 학교에서 시험을 치고 공
모전에 나갈 소설을 준비했다. 집에 돌아오면 턱에 잔뜩
힘을 주고 노트북 앞에 앉아 키보드를 두드렸다.

류는 어느 때보다 하고 싶은 것들을 실컷 해나가는 듯이 보였다. 팽팽하고 들뜬 긴장감이 그의 몸을 감싸고 있었다. 나는 종종 눈치 없이 노래를 부르고 춤을 추며 좁은 방 안을 돌아다녔다. 류는 미간을 한껏 좁히며 참다못해 화를 내거나 서울의 단골 카페로 피신해 자신의 볼 일을 보곤 했다.

그가 나의 몸을 주무르는 시간과 얼굴을 마주하는 시간이 줄어들자 주고받던 사랑의 총량이 크게 감소하기 시작했다. 대화의 양이 현저히 줄었고 함께 이것저것 먹고 보고 만드는 시간도 없는 것에 가까워졌다. 우리는 더 이상 서로의 몸을 섞지도 않았다.

어떻게 하면 각자의 시간을 확보하면서도 서로를 사랑할 수 있는지 답을 찾기가 어려웠다. 길고도 지독한 나의 질병 경험이 우리를 더 어렵게 만드는 것 같았다.

류에게 이별을 고하기로 마음을 먹었다. 그러나 이별의 과정 또한 쉬운 일이 아니었다. 막상 이별을 고하자 류가 그것을 원치 않는다며 다시 한 번 나를 설득했기 때문이다.

나는 류에게 오픈 릴레이션십Open relationship을 제안했다. 연애를 지속하는 동시에 새로운 사람을 만나보자는 것이었다. 나는 긴 시간 류를 설득했고 그는 결국 나의 제안을 승낙했다. 류는 이 실험이 나의 질병과 불안정성으로부터 거리를 둘 수 있는 기회인 것 같다고 말했다.

우리는 동시에 데이팅 앱을 깔았다. 각자 손가락으로 사람을 고르는 일에 심취했다. 서로에게 매칭된 사람과의 대화를 보여주며 만나도 괜찮은 사람일지 검증을 거쳤다.

나는 낯선 사람 여러 명과 여러 대화를 쉴 새 없이 이어나갔다. 허기를 채우듯 말하고 또 말했다. 그러나 그들과의 대화에는 도무지 흥미가 생기지 않았다. 대략 향수에 관한 고상한 취미를 늘어놓거나 자신의 고추를 보여주겠다는 식이었다. 나는 그저 빠른 대면이 가능한 사람을 만났다.

반면 류는 데이트 상대를 찾는 데에 번번히 실패해 무

력해했다. 류는 이럴 때가 아니라며 다시 공모전에 제출할 소설에 열중하고는 했다. 데이팅 앱을 삭제했다가 설치하기를 반복하는 그였다.

류는 우리의 실험에 대해, 그리고 나에 대해 점점 환멸을 느끼는 듯했다. 그는 어느 날 캐리어에 짐을 반 정도 챙겨 반려견 봉이 있는 P시로 향했다.

데이팅 앱

통증과 함께 우울감과 불안감은 점점 줄고 참을 수 없는 지루함과 무료함이 인생의 중심을 차지했다. 무엇을 해도 즐겁지 않았다. 이 무료함은 힘이 아주 세서 다리를 쉴 새 없이 떨게 했다. 무료함이 시작되자 죽고 싶다는 생각도 줄었다. 살아 있는 것 같지 않았기 때문이다. 통증이 심할 땐 살고 싶지 않아도 삶이 너무 생생했다. 나는 구천을 떠도는 유령이나 좀비가 된 것 같았다. 그리고 이 무감정한 감각이 새로 받은 조울증 약의 전형적 특성임은 긴 시간이 지난 후에야 알게 되었다.

아침 일고여덟 시에 눈을 뜨면 남은 하루의 양이 너무 컸다. 남은 시간을 어떻게 때워야 할까? 나에겐 변화가 찾아오고 있었다. 집중력이 현저히 떨어진 것이다. 글을 한 줄도 읽지 못했고 영화 한 편도 한 번에 끝내지 못했다. 책이나 영화보다 단순한 것에서 즐거움을 찾아야 했다. 다리를 덜덜 떨며 데이팅 앱을 들여다볼 뿐이었다. 밥을 먹을 때도 양치를 할 때도 버스를 탈 때도 휴대폰을 손에서 놓지 않았다. 모르는 이의 얼굴을, 간혹 아는 이의 얼굴을 하루에 수십 번 목격했다. 목과 어깨의 통증이 다시 심해지는 것 같았다.

데이팅 앱은 다음과 같은 방식으로 이루어진다. 인물 사진과 짧은 소개 글이 등장한다. 그 인물이 마음에 들면 오른쪽으로, 마음에 들지 않으면 왼쪽으로 화면을 민다. 꼭 인터넷 쇼핑을 하는 것 같다. 내가 오른쪽으로 화면을 민 인물이 만약 내 사진에도 오른쪽으로 화면을 밀었다면 매칭에 성공한다. 매칭된 둘은 메시지를 나눈다. 퍽 운명적이다.

나는 평소 타자 치기가 귀찮아 메시지를 통 이용하지 않는다. 다음 날이나 그다음 날까지 답장을 하지 않는 경우도 있다. 그런데 데이팅 앱을 시작하고부터 타자 치는 것에 급격히 몰두했다. 류가 집을 떠난 후 그것은 더 심해졌다. 매칭된 이들에게 똑같은 질문을 계속해서 반복했다. 왜 데이팅 앱의 세계에 계십니까? 그에 대한 반응은 거의 비슷했다. 다양한 사람과 이야기를 나누고 싶습니다. 매칭된 이들과 카페나 한강 공원 같은 곳에서 만나 대화를 나누다 보면 역시 금세 지루해지고 말았다. 그들도 나와 다른 종류의 유령처럼 보였다.

어느 날은 천주교 공원에서 한 인물을 만났다. 긴 시간 내내 전 애인에 대한 이야기만 하던 인물이었다. 그는 가수 휘성의 노래 제목처럼 애인과 '결혼까지 생각했'다고 말했다. 그는 헌신적인 사람이었다. 술에 취약한 애인이 친구와 만취하는 날이라 예상되면 언제나 애인이 있는 곳 근처에서 대기했다. 류가 그랬던 것처럼 애인이 울고 자해를 하는 날이면 모든 것을 제쳐두고 달려갔다. 그날 그와 공원을 걷고 한강을 걷고 상점이 많은 길가를 걷고 밥을 먹고 커피를 두 번이나 마셨다. 그는 춥지 않느냐는 말과 덥지 않느냐는 말, 짐이 무겁지 않느냐는 물음을 지속적으로 던졌다. 그의 상냥함 덕분에 체할 것 같았다. 나는 상냥함이 갈급했던 것 같다. 그러나 이내 나 자신에게 화가 났다. 누군가 나를 돌보지 않는 관계는 영영 좋아할 수 없을 것 같았기 때문이다. 나도 누군가를 돌볼 수 있을까? 서로가 서로를 돌보는 관계는 얼마나 이상적인가. 나는 그 인물을 보며 류를 떠올렸다.

류와 연애라는 이름의 관계를 어영부영 지속하는 동시에 천주교 공원에서 만난 인물과 자주 메시지를 주고받고 종종 데이트를 했다. 그는 내 밥과 약의 복용 여부를 언제나 물어주었는데 나는 그 다정함에 애정을 느끼면서도 또 다시 어떤 굴레에 빠져드는 것 같은 느낌을 지울 수 없었다. 하지만 나는 마음이 급했다. 그를 잘 아는 것도 아니면서 나의 약과 밥을 챙겨준다는 이유만으로 더 빠르고 깊은 관계를 갖기 원했다. 다만 그는 내가 애인이 있다는 이유로 나와 더 가까워지고 싶어 하지 않았다.

류에게도 공원에서 만난 그에게도 원하는 만큼의 애정을 얻지 못했다. 그래서 불안했다. 연애 상태를 오래 지속하다 보니 비연애 상태로 접어드는 것에 겁이 났다. 충동적으로 류에게 전화를 걸어 결별을 선언했다. 다른 인물에게도 비슷한 선언을 했다. 모두가 기다렸다는 듯 쉽게 수긍해주었다. 그리고 일주일 뒤의 네덜란드행 비행기 표를 끊었다. 그곳에는 나의 절친한 친구이자 류의 사촌인 채가 있지만 홀로 비행하는 것에 의의를 두기로 했다.

이동

네덜란드에 가기 위해 공항에 갔다. 성과 이름을 반대로 써 출국이 잠시 제한되었다. 항공사에 전화를 걸어 이름 변경을 요구했다. 항공사의 직원은 보통 정정 시간이 두 시간 정도 걸린다고 말했다. 출발 시간이 한 시간 뒤였기에 두 시간이면 출국할 수 없었다. 예전 같았으면 몹시 당황해 울음이라도 터뜨렸을 텐데 전혀 긴장이 되지 않았다. 그저 네덜란드로 갈 수 있는지 아니면 집에 돌아가야 하는지 빨리 알고 싶었다. 나의 출국 시간을 유념해준 항공사는 다행히도 20분 만에 정정 처리를 해주었다. 중국을 경유하는 세 시간의 비행시간 동안 팟캐스트를 들었다. 좋아하는 여성들이 영화와 음악에 대해서 말하고 있었다. 이전엔 아주 친구처럼 느껴지던 사람들이 먼 나라 사람같이 여겨졌다. 그들의 말이 귀에서 자꾸만 튕겨나갔다. 이를 물고 그 이야기에 집중했다. 그들이 내 지루함을 앗아가길 바라면서 열심히 귀를 기울였다. 가슴이 조금 두근거리는 것도 같았다. 영화가 나를 구하던 찰나들이 잠깐잠깐 머릿속을 스쳐 지나갔다.

중국 공항에서는 네 시간을 기다려야 했다. 내가 앉은 자리 맞은편에는 기념품 가게가 있었다. 그곳에서는 팬더 백팩, 팬더 인형, 팬더 볼펜, 팬더 젓가락, 팬더가 그려진 초콜릿, 팬더가 그려져 있지 않은 기념품들을 팔았다. 그리고 빨간 유니폼을 입은 직원이 손에 드는 선풍기를 들고 서 있었다. 나는 생각했다. 이 넓고 조용한 공항에서 그녀 또한 아주 외롭고 무료하지 않을까? 그러나 이내 내 곁의 청소 노동자에게 성큼성큼 걸어와 선풍기를 들이밀었다. 둘은 한참 수다를 떨며 깔깔대고 웃었다.

나는 그녀들을 부러워하며 바라보았다. 언어가 통하는 사람을 발견하길 기대했다. 그들을 붙잡고 몇 마디만 하자는 시뮬레이션을 했다. 열두 시간의 비행과 다섯 시간의 버스 이동이 남아 있었다. 시간을 분 단위로 확인했다. 무료함을 참을 수 없었다. 몸이 꼬여, 극도의 무료함이 오히려 실존을 느끼게 하는 것 같았다. 한국어가 들렸다. 두 명의 남성이 박장대소 중이었다. 그들은 손으로 총 모양을 흉내 내며 놀고 있었다. 그리고 앞쪽을 바라보는데 녹색 여권을 지닌 여성이 보였다. 그녀에게 다가가기로 했다. 그녀 옆자리에 가서 앉았다. 그리고 이렇게 말했다. 죄송합니다. 제가 심심함을 도저히 참을 수 없어 이 자리에 앉았어요. 나는 한 시간 동안 그녀의 대학 생활과 짝사랑 변천사, 대외 활동에 대해 들었으나 여전히 지루했다.

비행기를 타는 열두 시간 동안 한숨도 자지 못했다. 기내식이 오면 포일을 열어 뜨겁고 좋지 않은 냄새가 나는 것들을 몇 술 뜨고 다시 헤드폰을 착용한 채 팟캐스트를 들었다. 목과 어깨와 등과 엉덩이가 아팠다. 남은 비행

시간과 버스 이동 시간이 걱정되었다. 나는 앞자리에 머리를 파묻고 다리를 수시로 떨었다. 네덜란드로 갈 수 있는 독일 공항에 도착했다. 캐리어를 끌고 버스 정류장까지 걷고 또 걸었다. 그곳은 버스가 여섯 대 정도 설 수 있는 작은 주차장이었다. 그 주차장에 앉아 두 시간을 기다려 버스를 탔다. 버스가 왔고 이제 다섯 시간만 기다리면 목적지에 도착할 수 있었다. 가져온 책을 조금 읽다가 옆에 앉은 독일 남성과 짧은 대화를 나눴다. 그는 나를 자꾸 중국인이라고 생각했는데 별로 정정하고 싶지 않았다. 내 바로 뒤편에는 버스용 화장실이 있었고 문이 열리고 닫힐 때마다 대형마트의 냉동식품 코너 냄새가 났다. 창문 밖으로는 커다란 초록의 나무들이 빼곡하게 이어졌다.

긴 이동 시간 동안 류를 생각했고 늘 그와 함께 하던 이동을 떠올렸다. 아무리 길어도 지루하지 않던 여정이었다. 서로에게 몸을 기댈 수 있다면 말이 없어도 지루하지 않았다.

버스 간이 탁자에 몸을 기대고 스스로 질문했다. 나의 무료함은 외로움과 동의어일까? 채의 집에 도착해 맥주를

마시며 사람과의 분리불안을 끊어낼 요령을 찾자고 다짐
하길 반복하고 선언했다. 곧 화장실 바닥을 세게 밟았고
맥주 잔에 이를 세게 부딪혔다. 길고 긴 이동을 끝내고 긴
긴 잠에 빠져들었다.

즐거움

채는 아침에 일어나 식사를 차리고 낮이면 다니고 있
는 재즈 대학에 합주를 하러 갔다. 나는 고양이 두 마리와
종일 누워 있거나 짧은 산책을 했다. 더 이상 연인이 아니
지만 누구보다 친한 친구인 류와 영상 통화를 하며 각자
의 소식을 전하기도 했다.

두 고양이 중 밍은 옥탑방의 비스듬한 창을 향해 자주
점프를 하곤 했다. 서둘러 밍을 붙잡거나 옆집 옥상에서
밍을 찾아오는 일이 잦아지자 채는 밍의 목에 방울을 채
운 후 바깥 구경을 시켰다. 밍은 곧 독립적인 산책 고양이

가 되었다. 밍을 찾으러 밖을 나서면 나무 밑 작은 개박하 더미에서 한껏 뒹굴고 있거나 딸랑거리는 방울 소리를 내며 다가오는 모습을 볼 수 있었다. 다른 고양이 아지는 햇볕이 쏟아지는 침대 위에서 오랫동안 낮잠을 잤고 바깥세상에는 큰 관심이 없어 보였다.

채는 밍과 아지의 딱 절반 버전처럼 보였다. 어느 날은 종일 누워 있었고 어느 날은 하루 종일 집에 돌아오지 않았다. 그녀가 종일 누워 있는 날에는 생각나는 것들을 쉴 새 없이 말하곤 했다. 나는 이 시기에 말수가 줄었을 뿐더러 대답하는 것 자체가 어려웠다. 그저 채가 전하는 이야기의 조각을 잇느라 정신이 없었다. 나는 그렇게 그녀의 작은 옥탑방에서 느릿느릿한 하루를 보냈다. 채 앞에서는 느리고 게으르고 더러워도 아무 문제없었다. 그녀는 내 감지 않은 떡진 머리를 세게 쓰다듬었다.

네덜란드에 도착한 지 이틀째, 채의 애인 진을 만났다. 짧은 앞머리와 뒤로는 긴 머리를 늘어뜨린 그를 보자 개가 떠올랐다. 그는 활동성이 좋고 마른 개 같았다. 그가 자주 개처럼 혹은 해처럼 웃었기 때문이다. 우리 셋은 숲으로 소풍을 갔다. 진은 세 가지 말을 반복했다. "재밌다." 혹은 "재밌겠다." 혹은 "재밌었는데."였다. 그는 숲속 나뭇가지의 갖가지 생김새를 유심히 관찰했고 나무가 기울어지는 소리, 벌레가 나는 모습, 쓰러진 나무들이 만들어낸 움집 모양에 관심을 기울였다. 가벼운 발걸음으로 숲을 휘저으며 그는 자주 감탄하고 웃었다.

숲속에는 나무를 타고 노는 젊은이들도 있었다. 그들을 보며 산과 밭과 계곡이 있던 학창 시절이 떠올랐다. 그 학교에는 '놀이' 과목이 있었고 담당 교사는 몸을 쓰며 노는 온갖 놀이의 방법을 전수했다. 가장 과격했던 놀이는 이름 또한 과격한 '조직 격파'였다. 그 놀이는 운동장에 있는 거대한 향나무를 여럿이 둘러싸고 서로의 손을 꼭 붙들면 나머지가 그들을 필사적으로 떼어내는 놀이였다. 노트북도 휴대폰도 소지할 수 없던 그곳에서 학생들은 숨을 헐떡이고 땀을 흘리며 몸이 아플 때까지 뛰어놀곤 했다.

어느 날 오후 채가 합주를 구경시켜 주기 위해 학교로

나를 초대했다. 그곳으로 향하며 채의 친구들을 만나면 해야 할 이야기가 있는지 생각했다. 내 병에 관해 소개할 때가 올지도 모른다는 생각에 영어 사전을 보기 시작했다. 섬유근육통, 류마티스 내과, 신경 안정제 같은 단어들을 찾아보았다.

학교에서 만난 이들은 모두 연주에 능숙해 보였으며 즐거워 보였다. 영어가 모국어가 아닌 이들의 영어 대화는 짧고 간결했으나 즉석에서 만들어나가는 그들의 곡은 그렇지 않았다. 문득 합주라는 방식이 내게 필요한 생활 습관처럼 보였다. 말없이 소통할 수 있는 즐거운 수단 같았기 때문이다.

모두가 학교 밖으로 나와 강을 보고 앉았다. 그들은 이유 없이 손가락을 맞대거나 누군가의 말실수를 놀리며 아주 길게 웃었다. 숲에서의 채와 진, 그리고 나무를 타던 청년들과 나의 중고교 시절이 떠올랐다. 나는 세상 모든 즐거움에 부러움을 보내고 있었다. 채와 진과 그들의 친구들을 보며 즐거움에 관한 감각을 기억하려 애썼다.

채는 곧 그 친구들과 프랑스로 서핑을 떠난다고 했다. 나는 집에 남겠다고 했다. 긴 이동은 달갑지 않았고 어딜 가든 즐겁지 않을 것이 뻔했기 때문이다. 억지로 웃거나 듣거나 말할 자신이 없었다.

무료함은 여전했고 그것이 몸 전체를 조르는 것 같았다. 이유를 알 수 없이 매일 몸에 쥐가 나 한동안 움직일 수 없었다. 홀로 남겨진 나는 어느 때보다도 더 깊고 많은 잠을 원했다. 깨어 있는 시간은 너무도 무료했고, 잠에 들면 무료함을 느끼지 않을 수 있기 때문이다. 한국에서 그랬던 것처럼 무언가 떨쳐내는 제스처로 산보를 나갔다. 동네가 워낙 작아 활동 반경이 좁았다. 몇 개의 마트와 쇼핑몰, 성당을 개조한 서점, 한적한 길가 따위의 곳들을 걸었다. 버튼을 눌러야 신호등이 켜지는 횡단보도가 낯설었다. 버튼을 누르는 느낌이 간직하고 싶을 만큼 좋았다. 쇼핑몰에 들러 사람들과 치즈와 꽃 같은 것들을 구경했다. 고양이 밍은 홀로 긴 시간 산책을 하며 무엇에 흥미를 느꼈을까? 내게 흥미로운 것은 아직까지 신호등 버튼뿐이었다.

식사

네덜란드의 상점들은 대부분 6시에 문을 닫았다. 식량을 확보하기 위해서는 부지런히 움직여야 했다. 오랫동안 하지 않던 요리를 시작했다. 식당가가 대부분 멀었고 타인과 함께 밥 먹는 걸 좋아하지 않아서였다. 그곳은 한국과 달리 배달 문화가 흔치 않았다. 6시가 되기 전에 장바구니를 챙겨 집을 나섰다. 고기와 야채와 빵과 시리얼, 요거트 같은 것들을 담았다. 채가 없는 동안 흥미를 둘 곳은 음식뿐이었다. 약을 바꾸고서부터 다시 식욕이 없어진 나였다.

청소년기에는 식욕이 아주 많았다. 밥을 세 그릇씩 먹었다. 어찌 그리 작은 몸으로 그 많은 것을 먹느냐고 모두들 놀랄 정도였다. 처음 자취를 시작했을 땐 열심히 요리를 했다. 대량의 채소를 사와 다듬어 냉동실에 보관하고 장아찌나 피클로 만들었다. 작은 미니 오븐으로 베이킹까지 했다. 학교나 일 따위로 몸이 바빠지고 아파지면서 요리하는 일이 줄었고 그와 함께 식욕도 계속 줄었다. 먹는 즐거움을 수시로 까먹고는 했다.

채의 작은 냉장고를 가득 채웠으니 그것을 해결해야 했다. 한국에서도 네덜란드에서도 늘 빵이나 샐러드를 먹던 나는 귀찮은 마음이 앞섰다. 채의 냉장고에 있던 거대한 된장통을 먼저 꺼냈다. 그 앞에서 한참을 서 있었다. 칼을 들고 양파와 호박, 감자를 썰기 시작했다. 다 썬 야채를 도마 끝으로 몰아놓은 다음, 고기를 잘랐다. 그것들을 볶은 뒤 된장을 넣고 자박자박하게 물을 넣어 강된장을 완성했다. 막상 요리를 시작하니 요리에 관한 희열을 얼마나 까먹고 있었는지 실감했다. 내가 만든 음식은 가족들 사이에서 맛있기로 유명했고 그날 만든 강된장의 맛을 보니 그럴만했다.

별달리 할 일이 없던 나는 그날 이후 요리에 힘을 쏟기 시작했다. 남의 집 냉장고에까지 곰팡이를 잔뜩 서식하게 만들 순 없었다. 수시로 냉장고 문을 여닫으며 닭도리탕을 만들고 연어를 굽고 삼겹살을 구웠다. 아주 좁은 개수대에는 접시가 빠르게 쌓였고 다음 끼니를 먹으려면 설거지를 미룰 수 없었다. 번거로운 것을 끝까지 해내는 것은 분명한 성취감을 주었다.

본격적으로 하루 종일 요리하고 하루 종일 먹었다. 얼굴에 살이 올랐고 한 달간 5킬로그램이 쪘다. 채가 친구들과 프랑스로 여행을 떠나고 두 마리의 고양이와 셋이 지내고 있었기 때문에 더 게걸스럽게 음식을 먹을 수 있었다. 가끔 두 마리의 고양이에게 눈치가 보일 정도로 게걸스러웠다. 나는 사람들과 음식을 먹을 때 특히 더 눈치를 보았다. 먹는 모습을 스스로 추하게 여겼기 때문이다. 냅킨으로 수없이 입을 닦으며 쉽게 속이 얹혔다. 이 일련의 과정은 식욕을 잃게 만든 데에 한몫했을 것이다.

내게 타인 앞에서 음식을 먹는다는 것은 욕망을 해결하는 모습을 실시간으로 보여주는 것과 다름없었다. 식사와 탐욕을 연결 짓는 것은 기독교를 포함한 다양한 종교적 관점이기도 했다. 가톨릭 철학자 토마스 아퀴나스는 말했다. "인류의 죄악은 (아담과 하와의) 식탐에서 시작됐다." 게걸스레 먹는다는 것은 욕망을 이기지 못하는 어리석은 모습으로 비추어져 왔다. 각종 먹방의 예능 방송에서도 많이 먹는 이들은 놀림의 대상이 되었고 동시에 사람들은 그 모습을 더 많이 보고 싶어 했다. 대식가의 이미지를 취한 방송인들은 종종 먹는 것에 큰 압박을 느낀다고 고백했다.

한편 나의 할머니는 자식, 손주들의 먹는 모습을 직접 보고 싶어 했다. 그녀는 자신이 만든 나박김치를 신나게 떠먹는 나의 모습을 좋아했다. 세상 많은 할머니가 그런 것처럼 배가 터질 때까지 식사와 후식을 내주었다. 그녀 앞에서만큼은 먹는 행위에 대한 부끄러움이 없었다. 오히려 게걸스레 먹을수록 좋았다. 그녀는 마른 내 몸에 걱정을 보이며, 그녀 기준에 부합한 건강한 몸과 식습관을 보고 싶어 했다.

1932년에 태어난 그녀는 두 번의 전쟁을 겪었다. 비교적 여유가 있던 부모 밑에서 자라왔지만 음식의 소중함을 모를 리 없었다. 이웃집에서 소나무 껍질을 벗겨 양잿물에 삶고 말리고 체에 거른 뒤 그 가루를 가져다주면 쌀 두 되를 보답하는 것이 도리였다. 부랑인들에 음식을 먹이고 재우는 일도 많았다. 한국전쟁이 발발한 이후 그녀는 부유한 집을 벗어나 피난을 갔다. 여성을 강제로 잡아들이던 시기였기에 여동생과 함께 다락에 숨어 지내던 날들이 이어졌다. 그 와중에도 여성으로서 식사를 제공하는 것에 힘을 쏟았다.

나는 나의 먹는 행위를 비디오카메라에 담아보기 시작했다. 일종의 셀프 포트레이트self-portrait 작업이었다. 추하다고 생각하는 모습을 직면하고 싶었다. 또 많은 사람에게 그것을 보이고 싶었다. 먹는 행위에 대해 어떻게 생각하는지, 일그러지는 얼굴에 대해 어떤 감정이 드는지 알고 싶었다. 이미 수많은 먹방이 존재하지만 굳이 나 자신을 보이고 싶었던 이유는 남들 몰래 먹는 것을 그만두고 좀 편해지고 싶어서였다. 카메라를 켜두고 음식을 먹다 보면 결국 그것을 의식하지 않는 순간이 왔다.

어느 날 나는 카메라 앞에서 옥수수를 먹었다. 한국의 옥수수와 품종이 다른 그 옥수수는 쫄깃하기보다 아삭했다. 아삭거리는 옥수수에서 달콤한 즙이 흘러내리는 게 꼭 과일 같았다. 앉은 자리에서 옥수수 세 대를 연달아 먹었다. 손과 얼굴, 목까지 끈적거렸다. 영상을 잊고 지내다 캠코더를 발견해 재생해보았다. 급하게 먹거나 턱이 잘 벌어지지 않아 거의 얼굴 전체에 옥수수 알갱이를 묻힌 모습이 나타났다. 게걸스레 먹는 나의 모습을 마주하는 것은 해방의 경험이기도 치욕의 경험이기도 했다. 식사에 관한 고민이 계속되는 가운데 식욕이 나를 찾았고 나는 냉장고 문을 열어 채소와 고기 같은 것을 꺼낸 뒤 이를 재료 삼아 요리하기 시작했다.

펜팔

영원히 흐르지 않을 것 같던 시간이 흐르고 있었다. 그러던 어느 날 이메일이 한 통 도착했다. S였다. 그는 내게 길에서 만난 개 사진을 한 장 보내며 명문 대학에서 러시아 문학을 전공한 시인처럼 생겼다고 농담했다. S 역시 데이팅 앱으로 알게 된 이였다. 다만 그와의 관계는 다른 이들과 조금 달랐다. 얼굴을 마주하기 전부터 많은 양의 대화를 나눴던 것이다. 나는 그 시기 거의 모든 데이팅 앱 유저들에게 내 작업물이 모여 있는 웹사이트를 홍보하곤 했다. 대부분 큰 관심이 없었다. 하지만 S는 나의 글을 끝까지 읽고 열 줄이 넘는 감상평을 보냈다. 그리고 며칠 뒤 이야기에 빚을 진 것 같다며 자신의 이야기를 시작했다.

서툰 맞춤법으로 메시지를 보내는 그는 뉴저지 태생의 재미교포였다. 뉴욕에서 미술 대학을 졸업했으며 오랫동안 그림을 그리는 중이었다. 아주 어린 시절부터 책을 부모로 삼았고 어떤 날은 하루에 다섯 권씩 책을 읽기도 했다. 몰두하는 것에 도가 텄던 인물이었다.

그는 책이 묘사하는 세계에 수시로 매혹되었고 그곳에 등장하는 생소한 장소와 음식 따위를 열심히 검색하다가 직접 찾아가기도 했다. 책 속 약물에 취한 인물들 또한 그에게 큰 호기심과 매혹을 주었다. 그는 이런저런 약물 또한 탐방하기 시작했다. 호기심과 흥미를 충족시키며 정신없는 나날을 보내던 도중 그의 어머니가 암으로 세상을 떠났다. 그는 그때부터 약물에 더욱 몰두하기 시작했다. 학교를 다니면서, 자전거로 배달 일을 하면서, 길거리를 떠돌면서, 여느 때처럼 책과 영화를 쌓아두고 약에 빠졌다. 자전거에서 수차례 떨어진 그의 무릎이나 정강이는

성한 곳이 없었다. 그를 처음 만났을 때 마주친 새카만 멍 자국들은 수 년이 지나도 없어지지 않는 것이라고 했다.

그와 한국에서 얼굴을 마주하고서도 많은 이야기를 나눴다. 주로 각자 깊이 빠졌던 음악이나 영화에 대해 구구절절 코멘트를 달며, 서로가 얼마나 닮았는가에 대해 말했다. 우리는 너무 닮아 징그럽다고 말하면서도 실은 그 흥분감을 감출 수 없었다. 그가 약물 탓에 사경을 헤매다 깨어난 사연, 약물중독 치료나 타인의 도움 없이 홀로 그것을 중단한 사연에 대해서도 들었다. 미국의 의료 문화 탓에, 혹은 그의 성격 탓에 그는 병원을 쉽게 찾지 않았다. 그는 온몸 구석구석 강력한 통증을 느꼈는데 그중 복통을 가장 크게 느꼈다. 배의 근육이 극도로 수축되는 느낌을 받았고 반복적으로 구토를 했다. 악몽과도 같은 순간이었다.

내가 네덜란드로 떠나기 전 우리는 서로 이메일 주소를 주고받았다. 그는 메신저 앱 따위에 서툴렀고 어려서부터 마이스페이스, 페이스북, 인스타그램 등 어떤 SNS도 가입하지 않던 사람이었다. 그가 데이팅 앱을 사용했다는 게 놀라울 따름이었다. 하지만 아는 이가 단 하나도 없는 한국 땅의 적막한 구舊 신도시에서 긴 시간을 보냈던 그를 생각하면 이해가 안 되는 것은 아니었다.

나는 이메일로 지루함과 무감각한 상황에 대해 주로 토로했고 그는 자기가 발견한 것들에 대해 이런저런 설명을 덧붙여 사진을 보내왔다. 그는 내 펜팔 친구가 되었고 그가 보내는 이메일이 유일한 낙이 되었다. 내가 그에게 곧바로 답장하면 한글 타자가 느린 그는 이틀에 한 번꼴로 답변을 했다. 답변을 기다리는 시간이 너무 길게 느껴져 그에게 메신저 앱을 다운받게 했다. 그 길로 나는 그와 빠른 시간 내에 단문을 주고받을 수 있었다.

우리는 자주 언젠가 하게 되거나 안 해도 그만인 미술 아이디어들을 공유하고는 했다. 어느 날은 119를 주제로, 어느 날은 한국 힙합을 주제로, 어느 날은 골든 리트리버를 주제로 했다.

S는 종종, 내가 먹는 신경정신과의 약이 나를 무감각하고 무료하게 만들 수도 있다고 말했다. 나는 한국으로 돌아가기 2주 전, 자의로 약을 끊는 실험을 했다. 몸을 관찰할 생각을 하니 조금 즐거웠다.

하루째에는 달라진 것이 없었다. 그러나 둘째 날부터 변화가 시작됐다. 잠이 오지 않았던 것이다. 채가 자는 동안 주방으로 내려가 식빵을 구웠다. 잼 바른 식빵을 씹으며 스케치북을 펴고 물감을 짠 뒤 그림을 그렸다. 싱크대에 붓을 여러 번 빨며 그림 너댓 장을 그렸고 그것들은 그간 몇 장 그려놓은 그림보다 만족스러웠다. 몸 안에서 비로소 혈액순환이 되는 것 같았다. 새벽 4시경 들뜬 말투로 S에게 메시지를 보냈다.

"나 방금 그림 몇 장 그렸는데 꽤 마음에 들어."

그러자 S는 곧바로 이렇게 답했다.

"외 안자? 혹시 약 안먹었어."

나는 천진하게 그렇다고 답했다. S는 당장 자신에게 내가 먹고 있는 약의 명칭을 알려달라고 했다. 그러고는 약을 멋대로 끊을 때 얼마나 위험한 상황이 닥칠 수 있는지 설명했다. 타지에서 응급실에 가고 싶지 않다면 어서 약을 먹는 편이 좋다고도 했다. 나는 급히 약을 찾아 삼켰다. S는 내가 먹고 있는 약의 조합이 나를 무감각하게 한다고 확신했다. 본인이 수집한 그 약들의 부작용을 나열했고 역사적 쓰임새도 함께 설명했다. 그는 내게 당장은 거르지 말고 약을 먹되, 한국에 돌아오면 천천히 맞는 약을 찾아보자고 제안했다. 그는 의사도 아니고 의대생도 약대생도 아니었지만 내게 작은 희망을 주었다. 그것은 끈덕지게 달라붙은 무료함을 떨칠 수도 있다는 희망이었다.

S와의 만남

한국으로 돌아와 가장 먼저 S를 만났다. S는 나의 갑작스런 연락에 모자와 안경을 걸치고는 서둘러 집을 나왔다. 앞니도 한 개 빠트린 채였다. 자전거에서 자주 떨어지던 시절 부러진 부위였다. 가짜 치아가 없는 그의 얼굴을 한 번 본 적이 있어 그리 낯설지는 않았다.

약을 바꾸기 전 의사와 어떻게 대화할 것인지 그와 함께 시나리오를 짰다. S는 의사에게 '죽고 싶다'는 말을 될수 있으면 삼가라고 했다. 의사는 그 감정을 억제하는 약을 주거나 증량할 텐데 그렇다면 나의 무감정한 상태가 계속될 것이라고 했다. 그의 전문가 행세가 다소 불편했지만 그 말을 따라보기로 했다.

얼마 지나지 않아 먹고 있던 약이 다 동났고 새로운 병원을 찾아보기로 했다. 집 근처의 이곳저곳을 다녀보았지만 모두 여름휴가를 떠나 며칠간 문을 닫은 상태였다. 땀을 뻘뻘 흘리며 돌아다닌 끝에 네 번째 방문에서 문을 연 병원을 찾을 수 있었다. 잘 닫히지 않는 나무문과 큰 괘종시계가 있는 작은 병원이었다. 예약이 필요 없었고 컴퓨터가 아닌 간호사가 차트를 직접 전달하는 병원이었다. 이전 병원에서 의사가 스마트 노트로 필기를 하던 것을 생각하면 한참은 구식인 곳이었다.

새로 만난 의사는 전에 만나던 의사에 비해 내 말을 한결 잘 들어준다는 인상을 받았는데, 이전 병원에서 받아본 적 없는 단순한 질문들 탓이었다. 무언가 자꾸 묻는다는 것은 환자에게 구체적인 처방과 공감을 주겠다는 표시로 보였다. 종류도 용량도 바뀐 약 봉투를 들고 계단을 내려가는데 모르는 노년 여성이 내 손을 꼭 붙들고 말을 걸었다. "이 병원 정말 좋아요. 의사 선생님이 약을 정말 잘

줘."처음 만난 사람이었지만 그녀가 믿고 의지하는 병원을 만나게 되어 참 다행이라고 생각했다. 더불어 내게도 같은 희망을 불어넣어주는 것이 무척 감사했다.

새로 가게 된 병원이 정말 약을 잘 주는 곳이긴 했는지, 무료하고 무감정한 상태가 동물이 허물을 벗듯 천천히 벗겨졌다. 떨어진 집중력이 다시 오르는 것이 신기했다. 드디어 책 한 챕터나 영화 한 편을 끝낼 수 있었다. 노트북을 열고 영화 세 편을 연달아 보았다. 심각한 갈증을 겪다 찬물을 벌컥벌컥 마시는 듯한 기분이 들었다. 그동안 이 감정을 겪지 못했던 것이 너무나 억울했다. 만약 맞는 약을 찾은 뒤 네덜란드에 갔다면 그 지독했던 무료함 없이 아름다운 숲과 강을 한껏 누렸을지도 몰랐다. 하지만 지나간 일은 어쩔 수 없었다. 앞으로 보게 되거나 겪게 될 일에 기대를 거는 편이 더 생산적이었다.

나는 그동안 보고 싶었던 영화의 리스트를 작성했고 침대 위에 읽고 싶었던 책을 한 움큼 뽑아 쌓아두었다. 나는 은인에 가까운 S를 생각했다. 그가 아니었다면 약에 대한 의문을 가지기 힘들었을 것이다. 그를 빨리 만나 이 좋은 소식을 알리고 싶었다. 그에게 전화를 걸어 영화 한 편을 보러 가자고 했다. 좋아하는 감독의 신작을 보기 위해, 땀을 뻘뻘 흘리며 영화관이 있는 언덕을 그와 함께 올랐다.

영화는 기대와 다르게 형편없었다. 하지만 러닝타임 내내 몸이 꼬이거나 다리가 떨리지 않았다. 형편없음에 대해 생각하느라 즐겁기까지 했다. 우리는 영화관을 나와 영화에 대해 실컷 불평했다. 내가 얼마나 불평하는 즐거움에 목말라 있었는지 실감했다. 술을 마시며 본격적이고도 다양한 불평을 시작했다. 그도 나처럼 불평을 좋아하는 사람이었다. 그와 나는 불평만큼이나 호기심이 많았고 함께 경험해볼 것들의 목록—교회에 가보자, 카바레에 가보자 등—을 나열하기도 했다. 무감정한 상태를 벗어나니 살 것 같았다.

우리는 곧 만취했다. 대중교통이 끊긴 수도 한복판에서 택시를 잡아 그와 함께 집으로 향했다. 집에 도착해 함께 늘어져 있다가 동네 놀이터로 그네를 타러 갔다. 놀이터의 가로등은 조용하고 캄캄한 동네를 흰빛으로 아주 환하게 비추고 있었다. 서로를 밀어주고 발을 구르자 쉽게 멈출 수 없을 정도로 그네가 빠르게 오르내렸다. 놀이터가 놀이 세상의 전부였던 어린 시절로 돌아간 것처럼 웃음이 끊이질 않았다. 하지만 어릴 때와 달리 몸이 감당을 못해 쉽게 멀미가 났다. 이젠 무언가 오르내린다면 시소 정도의 속도가 적당한 듯했다.

그네에서 내려 놀이터의 고무바닥 위에 누웠다. 얼굴 위로 가랑비가 툭툭 떨어졌다. 그리고 우리는 입을 맞추기 시작했는데 이 모든 상황이 지나치게 드라마틱해서 낯부끄러웠다. 늦은 새벽 개를 산책시키는 주민이 우리를 힐끔거렸고 그때는 놀이터 바닥에서 진정 일어나야 할 때였다.

롤러코스터

그와 놀이터 바닥을 굴렀던 다음 날, 오랜만에 밤을 새며 술을 마셨던 탓인지 몸이 부서질 듯 아팠다. 심한 근육통과 함께 입술이 부르트고 때마침 생리까지 시작했다.

S는 집에 갈 생각이 없어 보였다. 그는 내 집에서 두 밤을 더 묵은 뒤 자신이 살고 있는 원룸으로 돌아갔다.

집에서 안정을 취하면 나아질 것 같던 통증이 쉬이 가시지 않았다. 통증의 강도가 너무 세서 지난 몇 개월간 얼마나 호전됐었는지 실감할 수 있었다. 그날 이후 S가 종종 찾아왔고 그는 나와 함께 이런저런 것들을 먹고 이런저런 곳들을 가고 싶어 했다. 하지만 우리는 함께 침대에 붙박혀 있을 수밖에 없었다. 그는 아주 어렸을 때부터 그랬던 것처럼 잠을 통 자지 않았고 내가 종종 새벽녘에 잠에서 깨면 늘 무언가를 읽고 있었다.

S는 살아온 도시 뉴욕이 한국과 무엇이 다른지 자주 말했다. 결코 웃지 않는 피자 가게의 점원과 "Just give me a slice."라는 문장 한마디로 피자를 주문하는 사람들에 대해, 파티를 열어도 술 한 병 들고 오지 않던 이들과 자신의 값비싼 운동화나 청바지 따위를 훔쳐갔던 이들에 대해, 도수가 높든 낮든 음식 없이 술을 마시는 문화에 대해, 길을 걷다 이유 없이 시비가 붙었던 일들에 대해, 다양한 인종에 대해, 눈에 선명한 빈부의 격차에 대해, 사람이 없는 평일의 거대한 미술관에 대해 그는 말했다. 차도와 인도 사이는 아주 좁았고 그곳을 거니는 사람은 아주 많았다. 그는 그 거리에서 매일같이 불안을 느꼈다. 심장의 비트가 한국에서와는 확연히 다르다고, 그곳을 떠올리기만 해도 불안이 되살아난다고 말했다. 그리고 그는 한

때 그 불안을 사랑했다. 불안이나 사랑이나 심장을 빨리 뛰게 하는 것은 마찬가지였다.

S는 한국에 도착해 좁은 도로도, 그곳을 거니는 많은 사람도 없는 한 도시에서 캔버스에 매일 붓질을 하며 지냈다. 그러던 어느 날 나를 만났고 수차례 이메일과 메시지를 주고받은 뒤 오랜만에 만취했으며 비 오는 놀이터 바닥을 구르다 그토록 심장을 뛰게 하던 불안과 사랑의 감정을 동시에 느꼈다. 그는 사람을 이토록 좋아해본 적이 없어 기분이 이상하고 불안하다고 했다. 자존심이 상한다고도 했다. 나는 그 말이 무척 좋았지만 부담스럽기도 했다. 연애 관계를 맺는 것에 겁이 났기 때문이다. 그는 불안을 잠재우고 싶다며 수시로 캔 맥주를 사왔다. 나는 그것이 사실인지 아니면 술을 먹고 싶은 핑계인지 잘 알 수 없었다.

어느 날 S가 예순 알의 수면제를 처방받았다고 전했다. 의사가 그에게 두 달 치의 약을 한 번에 처방한 것이다. 그

는 한국의 의사들이 약을 얼마나 쉽게 처방하는가를 지적
하면서도 약통을 가득 채운 알약을 보며 만족스러워 했다.

그는 잠이 올 때까지 약을 먹었다. 그러나 아무리 먹어
도 잠이 오지 않았다. 대신 기억을 자주 잃었고 수시로 엉
뚱한 소리를 했다. 하루는 새벽 5시에 내게 전화를 걸어
오늘은 무얼 했냐고 물었다. 나는 비몽사몽하여 새벽부터
대체 무슨 소리냐고 물었고 그는 잠시 횡설수설하더니 오
후 5시로 착각했다며 웃었다. S는 수면제를 과다복용 중
이었고 동시에 거의 매일 술을 마시기 시작했다. 그는 아
주 위태로워 보였다. 뉴욕에서의 생활을 완전히 은퇴했다
말해놓고, 같은 일을 반복하는 것 같아 두려웠다. 나는 그
가 너무 걱정되어 약을 털어 넣는 손을 뜯어말렸고 그는
내 손을 말렸다.

그는 롤러코스터를 좋아했다. 천천히 상승하다 빠르게
하강하는 순간의 짜릿함을 즐겼다. 자신이 만약 부자가
된다면 놀이공원을 살 거라고, 기다림 없이 매일 롤러코
스터를 타는 것이 꿈이라고 말했다. 나의 통증이 호전되

면 우리는 함께 놀이공원에 가기로 약속했다.

S와 가까운 관계가 된 지 얼마 되지 않아 피로를 느꼈다. 그의 풀린 눈과 횡설수설 해대는 말들 때문이었다. 그가 급속도로 올라가고 있는 중인지 급속도로 내려가고 있는 중인지 알 수 없었다. 그는 내가 함께 술을 마시지 않자 내가 자는 사이 술에 잔뜩 취해 돌아와 큰 소리로 떠들고는 했다. 그는 취할수록 한국어를 잊고 모국어인 영어로 말을 했는데 그 때문에 그의 말을 알아 듣기가 더 어려웠다.

그는 내게 수시로 자신을 사랑하느냐고 물었다. 내가 대략 얼버무리면 그는 서운함을 한껏 표출했다. 왜 자신과 동일한 온도로 사랑을 주지 않느냐며 화를 내고 따졌다. 나는 나대로 나의 질병과 싸우는 중이었고 그가 기억을 잃고 내뱉는 술주정을 들어줄 여력과 마음이 없었다. 그는 내게 자주 실망했고 내가 그를 무시하거나 배신한다는 말을 자주했다. S는 입버릇처럼 이렇게 말했다. "Everyone betrays me."

휴식과 안정이 절실한 나는 S에게 더 이상 얼굴을 보고 싶지 않다고, 제발 이 집을 떠나달라고 말했다. 그날 이후 그는 내게 매일같이 용서를 구했다. 절대 술을 마시지 않겠다는 긴 메시지와 서툰 한국어로 쓴 일곱 장짜리 손편지를 전했다. 그 메시지들은 굉장한 미사여구로 가득했다. 대체로 자신의 실수 탓에, 인생에 한 번 있을까 말까 한 소중한 인연을 잃는 게 정말 아쉽다는 이야기들이었다.

나는 그 말에 쉽게 넘어갔다. 그러나 그는 쉽게 변하지 않았다. 그저 '절대'라는 말을 쉽게 쓸 뿐이었다. 우리의 관계가 조금 호전될 때면 그는 다시 술을 마셨고 술주정을 반복했다. 세 번째로 우리의 규칙을 어겼던 날 그를 집에서 쫓아냈고 그에게서 오는 연락을 모두 무시했다. 나는 그를 절대 보지 않기로 다짐했다.

온도

나는 변온동물이라 불렸다. 여름이면 손발이 끓었고
겨울이면 손발이 얼었다. 겨울철의 류는 내 손발이 자기
몸에 닿을 때마다 깜짝 놀라며 진저리를 쳤다. 나는 류를
종종 놀래키려고 그의 바지 속에 내 손발을 불쑥 집어넣
었다.

몸에서 김이 펄펄 나는 것 같은 여름도 견디기 어려웠
지만 겨울이 늘 더 어려웠다. 추위는 몸을 잔뜩 움츠리게
했고 통증을 악화시켰다. 개구리나 뱀, 거북이와 같은 변
온동물은 겨울을 나기 위해 땅속에 들어가 겨울잠을 잔

다. 나로서는 땅굴을 팔 수도, 겨울잠을 잘 수도 없는 노릇이기에 그저 보일러의 온도를 올렸다. 그러나 대학에 다니며 살게 된 자취방은 아무리 보일러를 때도 14도 이상 오르지 않았고 기모가 든 털모자를 쓴 채 침대를 바람막이 삼아 잠들곤 했다. 해가 들지 않는 대학 강의실의 히터는 자주 고장이 났다. 내복 위에 내복을, 패딩 위에 패딩을 입은 채 언 손을 내놓고 필기를 했다.

매해 기록적인 한파가 이어지던 어느 겨울, 인터뷰와 책 편집 일을 맡았다. 수도의 전자 상가에서였다. 1950년대에 지어진 상가의 창문들은 틈이 벌어져 있거나 자주 흔들렸다. 나는 바로 그 겨울에 몸이 아프기 시작했다. 일과 학교를 그만둔 몇 개월 후에는 냉기와 곰팡이로 가득 찬 반지하 자취방을 떠났다.

이사한 자취방은 다행히 20도까지 온도가 올랐다. 그런데 어느 날부턴가 사시사철 수시로 감기 몸살에 시달리는 듯했다. 일주일간 콧물이나 기침 없이 며칠씩 춥다가 덥기를 반복했다. 내과에서 열을 재면 실제 체온은 그리

높지 않았다. 그러나 해열 주사를 맞거나 감기약을 처방받는 것 외에는 따로 방법이 없었다. 그것들이 별 효능이 없어 피검사를 했다. 체온을 관장하는 갑상선수치가 약간 낮다는 결과를 들었지만 약을 먹을 정도는 아니라고 했다.

다시 한 번 정체를 알 수 없는 증상에 시달리는 것이 괴로웠다. 증상에 맞는 약을 먹고 어서 낫고 싶었다. 분 단위로 더워지거나 추워지는 것은 일상생활에 상당한 지장을 주었다. 침대를 흠뻑 적실 정도로 땀이 났고 그 땀이 식는 동안 온몸에 소름이 돋았다. 수건을 머리맡에 둔 채 수시로 땀을 닦았고 참을 수 없는 더위에 샤워를 하고 나오면 몸을 닦는 동안 다시 땀이 났다. 벌게진 얼굴에 부채질을 하다 보면 금세 추워졌고 겉옷을 껴입으면 다시 땀이 났다. 추위와 더위가 정신없이 반복되는 만큼, 감정의 기복도 빠르게 오르내렸다. 복싱 경기나 음식 레시피를 보다 느닷없이 눈물이 주르륵 흐르곤 했다.

S의 모든 연락을 거절한 지 한 달쯤 되었을 때 그 증상이 다시 시작됐다. 전과 다르게 분 단위로 반복되던 더위

와 추위가 초 단위로 바뀌었다. 침대 위에서 이불을 뒤집
어썼다가 머리맡의 수건으로 몸을 닦는 일을 수차례 반복
했다. 잠자는 것을 아예 포기해야 했다. 평소 같으면 기절
하듯 잠에 들게 한 신경 안정제도 말을 듣지 않았다. 체온
의 변화가 잦은 데다 잠까지 못자니 혼을 빼앗기는 것 같
았다. 착란이라는 단어가 머릿속을 가득 채웠다.

홀로 있는 것이 불가능해 침착함을 잃고 나의 가장 가
까운 친구 류에게 비상 호출을 했다. 전화기를 붙들고 말
을 더듬으며 하염없이 눈물을 쏟자 류는 집으로 찾아와주
었다. 나는 그의 바짓가랑이를 붙잡고 말했다. 며칠만 같
이 살아달라고, 그 어떤 방해도 하지 않을 테니 있어만 달
라고 부탁했다. 그러나 류는 자신에게 취할 이득이 없다
며 단호히 거절했다. 무척 서운했지만 그로서는 너무도
당연한 말이었다. 그는 이미 나를 살리는 것에 이골이 난
사람이었다. 류는 나와 함께 한두 시간을 보낸 뒤 놓고 간
책 따위를 챙기고 그의 집으로 떠났다.

S는 내가 모든 연락을 받지 않자 종종 브이로그를 보냈다. 그는 화면을 통해 약과 술을 모두 끊었다는 소식을 전했다. 그리고 늘 그랬듯 자신이 발견한 것들을 소개했다. 멋진 간판이나 생소한 음식에 관한 것이었다. 사진 찍히는 것을 싫어해 어린 시절 사진 한 장 없는 그가 셀프 카메라를 찍는 모습은 우스꽝스러웠다. 그는 영어와 어눌한 한국어를 사용하며 말을 하고 있었지만 무엇에도 취하지 않은 모습이었다. 화면을 통해 확인할 수 있을 만큼 그 차이가 명백했다. 나는 그 모습이 반가웠고 그와 함께 신나게 떠들던 때가 그리웠다. 하지만 그가 여섯 편의 셀프 카메라를 보내는 동안 그 어떤 답변도 하지 않았다. 그가 쉽게 변하지 않는 사람이었기 때문이다. 그러나 류에게 거절의 말을 듣게 되자 결국 S에게 연락할 수밖에 없었다.

홀로 견딜 수 없어 나를 힘들게 했던 이를 다시 찾는 스스로가 미웠다. 하지만 당시로서는 누구라도 옆에서 숨쉬고 있기를 간절히 바랐다. 타인을 끌어안고 극도의 불안을 잠재우길 원했다.

전화를 받아 든 S는 당장 자신의 집 현관문을 열고 나의 집으로 출발했다. 그는 두 시간 후에 도착했고 우리는 어색하게 포옹했다. 그리고 며칠간 침대에 누워 짧은 영상들을 끝도 없이 봤다. 시골에서 양어장을 하는 청년이 고양이와 개를 돌보는 영상이었다. 나는 혼을 빼앗겨 횡설수설했고 가끔씩 큰 소리로 괴롭다고 말했지만 S와 그 영상들을 보는 동안에는 마음이 한결 안정되었다.

여러 영상을 섭렵한 뒤에는 내가 가장 좋아하는 한국 작가의 소설을 함께 읽기 시작했다. 나는 원서를 읽었고 그는 번역서를 읽었다. 그 책은 공교롭게도 서늘함과 따뜻함을 동시에 보여주는 책이었다. 그것을 S에게 열심히 설명하자 그는 검색을 통해 한 화가의 그림을 보여주었다. 규칙적인 패턴이 있는 흰 그림이었다. 그 그림은 내가 말한 감정을 정확히 보여주는 듯했다. 나는 그때 S가 내 심정을 완벽히 이해한다고 생각했다. 서로를 쌍둥이라 부르며 호들갑을 떨던 첫 만남도 생각이 났다. 그날을 기점으로 나는 그를 다시 한 번 받아들였다. 우리는 이전처럼 친한 사이가 되었다.

S와 함께 시간을 보낸 지 일주일이 조금 지나자 점점 몸이 가뿐해졌다. 일관되게 느껴지는 몸 바깥의 온도가 오히려 낯설었다. 체감 온도의 기복과 감정의 기복이 월경전증후군 탓이라는 것은 그 증상과 1년을 지지고 볶고 난 후에야 알게 되었다.

그간 아무리 내과를 찾고 인터넷에 검색을 해보아도 큰 정보가 없기에 답답한 마음뿐이었다. 그러던 중 엄마의 갱년기 증세가 문득 떠올랐다. 엄마는 갱년기 치료제를 먹기 전까지 꽤 오랫동안 얼굴이 자주 붉어지고 잠을 이루지 못하곤 했다. 감정이 쉽게 오르내리는 것도 마찬가지였다. 나는 그 작은 힌트로 산부인과를 내원하기로 했다.

그러던 중 때마침 생리를 시작했고 나를 힘겹게 하던 증상이 바로 그때 덜해졌다는 것을 확인했다. 곧바로 산부인과에 방문해 증상을 알리고 생약 성분의 월경전증후군 치료제를 추천 받았다. 치료제로써 경구피임약을 처방해줄 수도 있지만 내가 먹고 있는 약들 탓에 쉽게 추천하고 싶진 않다고 말했다. 의사는 60퍼센트의 사람들이 생약 성분 치료제의 효과를 보고 있다고 말했다. 병원에서 처방해주는 약이 아니었기에 약국에서 적지 않은 돈을 들여 그것을 구매했다.

90퍼센트의 여성이 월경전증후군을 경험한다는데 60퍼센트라니, 그것도 의사가 아닌 제약회사에 기대를 걸어야 한다니 기분이 좋지 않았다. 그러나 딱히 다른 방법은 없었다. 하루도 거르지 않고 세 달간 꾸준히 약을 먹자 체온 탓에 잠 못 이루는 날들이 금세 사라졌다. 나는 운 좋게 그 60퍼센트에 속한 것이다. 드디어 생리를 앞두고도 몸이 축축하지 않은 채로 잠을 자게 되었다. 내 곁에는 S가 자주 숨을 쉬고 있었다.

산보 3

S와 다시 친해진 후 우리는 자주 만나 놀았다. 호기심이 많은 S는 걷는 것을 좋아했다. 그는 나의 동네를 먼저 파악한 뒤 나를 이곳저곳으로 데려갔다.

그와 산보하며 그동안 내 동네를 너무 몰랐다는 생각이 들었다. 매일 새로운 골목을 찾았고 버스 창문으로 지나쳤던 동네를 직접 확인했다. 익숙했던 것들의 변화도 보았다. 늘 술에 취해 고래고래 소리를 지르던 아랫집이 이사를 갔고 윗집은 이유를 알 수 없이 폴리스 라인이 쳐진 뒤 완벽히 리모델링되었다. 고양이 네 마리와 노부부가 있던 과일 가게에는 이제 고양이 세 마리와 할아버지가 있고 그 집의 고양이들과 통성명 비슷한 것을 뒤늦게 했다. 2,500원에 짜장면을 팔던 식당은 홍콩 음식을 파는 술집으로 바뀌었다. 언젠가부터 핫도그 가게가 줄고 버블티 가게와 햄버거 가게가 우후죽순으로 늘어났다.

S와 산보하며 새로이 알게 된 것은 나의 동네에 점집이 매우 많다는 것이었다. 차와 다과를 판매하는 카페 형식의 점집과 휘황찬란한 간판의 점집도 있었지만 깃발 한 개만 걸어놓은 점집도 있었다. S는 점집의 만卍 표식 스티커나 깃발을 볼 때마다 "나치스."라고 외치며 고약한 농담을 했다. 한 점집 앞에는 플라스틱 불상과 각종 불교 용품들이 정성스레 놓여 있었다. 값싸 보였지만 그럼에도 영적인 기운이 느껴졌다. 우리는 그것들을 몰래 가져가자는 농담을 했다. S는 카르마가 우리를 쫓아올 것이라고 말했고 나는 불상을 훔치는 이들에 관한 소설을 쓰고 싶었다.
　조금 더 걷자 주택과 주택 사이 불상을 비롯한 온갖 사주 용품들이 버려져 있는 것을 발견했다. 가볍지만 거대한 동상들이 나뒹굴고 있었다. 우리는 흥분한 상태로 걸어 들어가 그곳을 구경했다. 고약한 은행 냄새가 진동하고 있었다. 방울을 손에 쥐었거나 목이 잘린 여성의 모형을 보니 으스스했다. S는 그저 신이 난 것 같았다. 그는 번쩍이는 노란 불상을 안아 들고 집까지 걸었다.

어느 날은 초등학교가 있는 주택가를 걸었다. 근처 문방구에서는 본드 풍선과 체온에 따라 색이 바뀌는 반지, 가짜 칼과 가짜 수갑까지 내가 초등학생 시절 팔던 것들을 여전히 팔고 있어 기분이 묘했다. 꼭 시간이 멈춘 것 같았다.

문방구 옆의 피아노 학원과 미용실, 슬러시와 컵떡볶이를 파는 분식집도 그 생김새가 어린 시절의 모습과 정말 비슷했다. 한국에서 잠시 외국인 학교를 다녔던 S도 그 모습을 기억하고 있었다.

우리는 노스탤지어에 관해 말했다. 미화된 추억과 그에 관한 동경이 우리를 얼마나 기만하는가에 대해 말했다. 그러나 곧바로 그것이 얼마나 우리를 살게 하는가에 대해서도 말했다. 그와 걷고 떠드는 것이 너무 재밌고 행복했다. 우리는 경쟁적으로 흥미로운 광경에 손짓을 했고 발견한 것들의 갖가지 의미를 유추하거나 멋대로 덧붙였다.

한 언덕을 오르다 보니 불교 유치원이 보였다. 아이들이 하원하는 길이었고 셔틀 버스가 줄지어 있었다. 셔틀 버스를 따라 길을 걷자 꽤 큰 절이 보였다. 절에는 한쪽 다리가 없는 진돗개가 있었다. 그 개는 아주 얌전하게 우리의 손가락을 핥은 뒤 재채기를 여덟 번 넘게 하고는 다시 자신의 집으로 어슬렁어슬렁 걸어 들어갔다.

S와 함께 두 시간을 걸었다는 것이 놀라웠다. 체력이 붙는 모양이었다. 이제 그만 집으로 돌아가자 말했지만 불교용품점 앞을 그냥 지나칠 수 없었다. 그곳에는 각종 불상과 그림들, 용도를 알 수 없는 물건들이 많았다. 우리가 주워온 불상의 정가는 8만 원가량이었다. 1,000개의 눈과 1,000개의 손을 가진 관세음보살 그림을 넋 놓고 구경하자 가게 주인이 나타나 점집을 운영하는 것이 아니라면 선물 가게에서 작은 모형을 사는 편이 더 좋다고 말했다.

나의 동네는 걸으면 걸을수록 노스탤지어와 운명의 냄새가 진하게 느껴졌다. 그리고 그 둘의 생김새는 비슷한 구석이 있었다.

문방구에서 파는 장난감들이나 점집의 물건들이나 모두 조악하기는 마찬가지였다. 그것들은 그 생김새를 하고도 나를 홀리는 듯했다. 한쪽은 슬프고도 아름다운 과거를 회상하게 했고, 한쪽은 두렵지만 뭔가 될 수도 있을 것 같은 미래를 상상하게 했다. 그 둘은 희망과 절망을 동시에 안겼다. 과거를 쫓거나 미래에 관한 운명을 쫓는 무력감은 절실함이 아주 세서 숭고한 일로도 보였다. 집으로 돌아온 뒤, 며칠간 화장실 변기 옆에 두었던 불상을 비누칠해 닦았다. 빛나는 불상은 여전히 조악한 모양새였다.

S와의 동거

S는 자신이 살던 도시를 떠나 나의 집으로 자신의 짐을 옮겼다. 그리고 나의 집 바로 앞에 작업실을 계약했다. 작은 창고가 많고 천장이 높은 곳이었다.

나는 S와 함께 청테이프로 그의 그림을 벽에 붙였다. 둘 다 의자에 올라가야 할 만큼 큰 캔버스였다. 미완의 그림은 흥미로웠다. 각종 이미지를 카피한 페인팅들이 한 캔버스에 모여 있었다.

내 집에 있던 커다란 책상을 그곳에 두고 대신 그에게 있던 작은 테이블을 집으로 옮겼다. 그는 그 캔버스의

1,000분의 1도 안 되는 붓으로 매일 무언가를 칠했다. 그가 칠하는 여러 겹의 물감을 보며 무언가를 구현할 때 얼마나 많은 색깔이 들어가는지 새삼 실감했다.

그는 종종 그림을 어떻게 연습하는지 알려주기도 했다. 사물을 따라 그릴 땐 모두 사각형으로 나누어 판단하라는 것이다. 그런 그는 세상 또한 종종 구획하여 보곤 해서, 건물이나 사물의 패턴을 곧잘 발견하고는 했다.

S는 보는 것에 능했다. 그야말로 정보의 홍수 속에 사는 사람이었다. 나도 각종 정보를 보는 것에 대부분의 시간을 쏟는 사람이지만 그에 비하면 새 발의 피였다. 그는 매일 격투기 커뮤니티를 확인하고 뉴욕의 스트리트 푸드 웹사이트를 점검했다. 구글 이미지로 온갖 화가의 그림을 줌인, 줌아웃하고 새로 나온 영화의 트레일러를 확인했다. 위키피디아로 말할 것 같으면 그는 정말 중독 수준이다. 어느 날은 작가를, 어느 날은 영화감독을, 어느 날은 KFC의 창립자를, 어느 날은 각국의 핫소스를 읽었다.

그가 열어놓은 위키피디아 탭이 하루에 수십 개씩 쌓

였다. 노트북 컴퓨터를 내게 빼앗기면 책을 펼쳐 읽었다. 나는 어떻게 그렇게 많은 것을 읽느냐고 물었다. 그는 자신이 가지고 있는 ADHD 때문이라고 웃으며 말했다. 나는 그것이 농담인 줄로만 알았는데, 어린 시절엔 약도 먹었다고 했다.

나는 ADHD에 대해 아는 바가 적기에 그의 행동이 신기하거나 당황스러웠다. 그가 이 증상을 언급하며 사과하는 일도 많았다. 나와 대화를 하는 도중에도 자꾸만 무언가를 읽었기 때문이다.

그는 가만히 앉아 다른 사람의 말을 집중하는 것이 어려워 살면서 여러 번 주의를 받았다고 했다. 어린이 시절의 S는 교과서에 낙서를 하다 한 선생님에게 주의를 받았다. 그리고 그는 자신도 모르게 다시 낙서를 하기 시작했는데, 아주 상냥했던 그의 선생님은 그 모습이 너무 황당해 크게 소리를 쳤다고 한다. S가 학교를 다니며 처음 본 그녀의 분노였다.

제발 두 번 이야기하게 하지 말라는 말은 평생 들어온

것이었으며 나만 그에게 하는 말이 아니었다. 다만 그가
대답을 하지 않기에 듣고 있냐고 면박을 주려던 찰나 아
주 긴 대답을 내놓는 경우도 많았다. 내가 언급한 것에 대
해 이틀간 생각한 뒤 불쑥 새로운 코멘트를 덧붙이는 일
또한 많았다.

그에게 두세 번 말해도 듣지 않을 때 가장 불편한 것은
집안일이었다. 그는 자주 집을 엉망진창으로 만들었다.
그러나 S를 마냥 원망하고 타박할 순 없었다. 그가 가진
성격 유형이나 사회적으로 일컬어지는 증상들, 그에게 익
숙한 생활 방식을 무시할 수 없었기 때문이다. S는 살아온
세월 동안 청소를 좋아해본 적이 없다고 말했다.

그를 원망할 수 없던 결정적 이유는 나 역시 깔끔한 편
이 아니었기 때문이다. 통증과 피로감, 우울감은 나를 움
직이지 않게 했다. 부피가 큰 점퍼들을 바닥에 몇 겹씩 깔
아두었고 싱크대에 높게 쌓아올린 그릇들도 쉽게 닦지 않
았다.

사실을 말하자면 나 또한, 몸이 아주 튼튼했던 어린이 시절에도 깔끔한 것과는 거리가 멀었다. 온갖 잡동사니와 옷가지들 탓에 밖에서 방문을 열 수 없을 지경이었다. 엄마는 내 방의 꼬락서니를 보고 화가 나 발을 동동 구르기까지 했다. 그런 엄마에 맞서 "난 꽉 차 있는 공간이 너무 좋단 말이야."라고 말대꾸를 하기도 했다.

우리의 자취방은 갖가지 일회용 그릇들과 설거지거리, 옷더미, 빨랫감들로 가득 차기 시작했다. 우리의 청소는 언제나 큰마음을 먹고 긴 시간을 할애해 진행되었다. 집이 정말 작았음에도 말이다.

S와 나는 서로가 서로를 게으른 사람이라고 생각했다. 그는 내가 그릇과 책과 옷더미를 집 안 가득 쌓아놓는 것을 못마땅하게 여겼다. 그는 자주 나의 옷들로부터 미끄러지고 책들로부터 발가락을 찧었다.

나는 그가 수염을 깎고 더러워진 세면대를 닦지 않거나 식탁 위에 다 쓴 콘택트렌즈를 몇 겹씩 올려두는 것이 못마땅했다. 그의 넓은 작업실 온갖 곳에 흩날리는 담뱃

재들도 마찬가지였다. 나는 밥 먹듯 잔소리를 했고 집안일을 공평하게 분배해야 한다고 크게 주장했다. 다만 그에게 그것을 당당히 요구하려면 내가 쌓아놓은 더미들부터 해결해야 할 터인데, 이것이 그리 쉬운 일은 아니었다.

위로

S는 상투적인 위로를 쓸모없는 것으로 여겼다. 그것은 유용하지 않으며 오히려 상황을 더 악화시킨다고 생각했다. 때문에 내가 그에게 아프거나 슬프거나 불안하다고 말하면 위로보다는 곧바로 대책을 말하는 편이었다. "진통제를 먹어.""안정제를 먹어.""숨을 크게 쉬어." 자신이 할 수 있는 가장 솔직한 말은 그게 다라는 듯 그렇게 말했다. 그는 자신의 능력을 과대평가 하지 않았고 나의 아픔에 대해서도 호들갑을 떨지 않았다.

나는 그 차가울 만큼의 침착함 덕분에 함께 침착할 수

있었다. 불안에 찬 상상력이 몸을 속박하지 않도록 도와
주었다. 그러나 나의 침착함은 그에 비해 참을성이 없었
다. 종종 무엇도 제시하지 않고 함께 슬퍼하는 날이 오길
바랐다. 그는 타인에게 무조건적인 위로를 원해본 적이
없어 위로가 더 어려운 것 같다고 했다. 그는 가족에게도
위로를 구해본 적이 없었다. 그의 가정은 서로 간의 슬픔
이나 아픔을 공유하는 편이 아니었다.

　S는 나와 동거를 시작한 이후 종종 술을 마셨다. 내가
그에게 부모처럼 무언가 단속할 순 없었고 스스로 절제하
며 살기로 합의를 보았다. 나는 그가 완전히 만취한 모습
을 대여섯 번 보았다. 그리고 그중 세 번은 그가 같은 패
턴으로 같은 말을 반복했다는 걸 알 수 있었다. 그가 뉴욕
에 있을 때 알던 한 사람에 관한 이야기였다.
　그는 S에게 친동생과도 같은 인물이었다. 그는 S를 졸
졸 쫓아다니며 형을 바라보는 눈빛으로 S를 동경했고 S는
그런 그를 몹시 아끼고 좋아했다. 그는 어느 날 약물 사고
로 세상을 떠났다. S는 그 인물의 친절한 어머니가 그의

사고 소식을 전하며 전화를 걸었던 때를 결코 잊지 못한다. 그의 어머니는 S에게 말했다. "네 동생이 사라졌다." S는 그가 잠수를 탄 것이라고 생각했으나 아니었다. S는 그의 집으로 향했고 그 집에는 그 인물이 길에서 구출해온 작은 고양이들만이 남겨져 있었다.

S는 자신의 모든 행동을 따라 하던 그가 자기 때문에 죽은 것이라고 말했다. 나는 S 앞에서 어떤 말을 해야 하는지 도저히 알 수 없었다. 그에게 제시할 대책이 생각나지 않았다. 그저 가슴이 아팠다. S는 내가 슬퍼하는 것을 거절했다. 그것조차 그에겐 사치로 여겨지는 듯했다. 어떤 압도적인 슬픔 앞에서, 어떤 압도적인 죄책감 앞에서 위로의 말은 부서진다. 눈물은 갈피를 찾지 못한다.

드라마라마

내 인생의 큰 비중을 차지하는 감정이 나타났다. 그것
은 분노였다. 그리 갑작스러운 감정은 아니었다. 기물 파
손이 장래희망이었던 시절에도 분노는 나의 주된 정서였
다. 그런데 그 강도가 날이 갈수록 거세졌다. 내게 섬유근
육통이나 불안장애를 비롯한 각종 질병이 발병한 후에 그
러하였고, 월경전증후군이 기승을 부리던 때가 그랬으며,
S와의 동거 생활이 어느 정도 지속되었을 때도 그랬다.

S는 나와 생활 방식이 정말 달랐다. 저녁부터 새벽까지

그림을 그리고 집에 들어와 끼니를 때웠다. 베란다에 흡연하는 공간이 있음에도 자꾸만 창문도 환기구도 없는 화장실에서 담배를 피웠다. 그의 다른 생활 습관들은 참을 수 있어도 잠귀가 밝고 후각이 예민한 내게 그 두 가지는 도저히 용서되지 않는 부분이었다.

나는 소리와 냄새 탓에 자꾸만 잠에서 깼고 잠을 잘 자지 못해 통증이 심해지거나 두피가 벌게지곤 했다. 아무리 주의를 줘도 그는 새벽에 쿵쾅대며 계단을 올라와 문을 벌컥 연 뒤 불을 켜고 음식을 먹었다. 깨어난 내게 음식을 매번 권했던 것을 보면 S는 정말이지 내 심정을 잘 이해하지 못한 것 같다. 음식을 다 먹은 뒤엔 자연스레 화장실에서 담배를 피웠다.

내가 몇 번이고 항의를 하자 작업실에서 잠을 잘 테니 걱정 말라고 했다. 두꺼운 이불도 침대도 없는 딱딱한 바닥에서 어떻게 잠을 잘 거냐고 묻자 자신은 길거리 생활도 해봤다며 문제없다고 대꾸했다.

그래서 나는 그가 작업실에서 자는 것을 기다렸다. 그

러나 딱딱한 바닥을 하루도 견딜 수 없던 그는 하루 만에 집으로 돌아왔다. 나는 S를 보며 류를 떠올렸다. 류가 행거 사이에 숨어 혼자만의 시간을 보내고 싶었던 심정이 이해가 갔던 것이다.

S는 나를 지나치게 예민한 사람이라고 생각했다. '예민'이라는 단어에 버튼이 눌린 나는 있는 힘껏 분노를 표출했다. 고함을 치고 손에 집히는 물건을 바닥에 내동댕이치며 내가 보여줄 수 있는 최대한의 분노를 보여주었다. S는 그제야 상황을 파악한 모양인지 침착한 대화를 요구했다. 나는 먼저 그에게 내 과격한 행동에 대해 사과했다. 생리를 앞두고 있음을 이해해달라고 부탁했다.

나도 내 행동에 놀라 친구 찬을 만났을 때 당시 상황을 설명했다. 종종 물건을 집어 던진다고 하자 그는 "너 쩐이구나?" 하고 말했다. "근데 나 절대 고가의 물건은 안 던져. 선택적으로 던지거든." 하고 내가 답했다. 그러자 찬은 "너 퍼포머구나?" 하고 말했다. 그리고 나는 "아니, 근데 나는 혼자서도 그런다." 하고 다시 답했고 찬은 "그럼

더 대단한 퍼포머인 거지." 하고 답했다. 나는 문득 "나 진짜, 드라마틱한 사람이다." 하고 말했고 찬은 "이렇게 갑자기 자기 고백을?"이라고 말하며 나를 놀렸다.

나의 관심사는 잠시 '드라마틱'한 퍼포먼스로 좁혀졌다. 나는 왜 하필 망가져도 되는 물건을 던지는가? 그것이 분노라는 정서의 주된 행동 패턴인가? 영화나 드라마를 너무나 많이 본 탓인가? 내가 어릴 적 종종 물건을 내동댕이치던 내 형제와 아버지의 영향을 받았는가? 생활 속 연기에 흥미가 있는가?

한편 S는 영어보다 한국어가 더 감정적이고 드라마틱하게 쓰이는 것 같다고 말했다. 예를 들어 '미모는 나의 무기' 같은 문장을 그는 조금 낯설어했다. 무기라는 비유를 긍정적으로 쓰는 것이 그에게는 드라마틱하게 느껴진다고 했다. 미국인이더라도, 무기를 자신이 가질 수 있는 힘의 도구라 생각하는 사람에겐 약간 터무니없는 소리였다. S는 한국어만 사용하던 자신의 엄마를 감정적인 사람이라 생각한 탓도 있다고 덧붙였다.

어쩌면 드라마틱이라는 단어가 내 감정을 폄하하고 있는지도 몰랐다. 여성 호르몬이 기승을 부리는 것이라 생각하는 것도 마찬가지였다. 내가 느끼는 감정이 분명히 실재함에도, 내 감정은 자주 가짜인 것처럼 여겨졌다. 내가 비상식적으로 화를 내는 것인지 정당하게 화를 내는 것인지 자주 헷갈렸다. 분노의 원인을 한 가지로 설명하려고 하면 할수록 내가 느끼고 있는 감정은 나 자신에게 무시받았다.

다만 무언가를 집어던진다는 것은 나 스스로도 잘 용납이 되지 않았다. 나는 크게 흥분할 때마다 찬의 말을 떠올리며 선택적으로 집어든 물건을 내려놓았다.

S는 엄마와 동생의 분노를 지속적으로 봐왔기에 나의 분노가 자신에게 큰 타격을 주지 않는다고 말했다. 나는 그에게 납작한 중고 매트리스를 구해주었고 우리의 수면 공간은 분리되었다.

코미디

친구 찬의 말마따나 내가 '대단한 퍼포머'인 만큼 실제로 나는 퍼포먼스에 큰 야망이 있다. 가까운 상대를 훌륭한 연기로 자주 웃기거나 속이고 싶은 욕구가 상당하다. 미국에 살며 다양한 그룹에 몸을 담았던 S는 동서양, 빈부격차를 막론하고 나만큼이나 개구진 사람을 본 적이 없다고 했다. 그는 긴팔원숭이처럼 양팔을 휘적대는 내게 어린 시절 나무를 타다 자주 떨어지지 않았냐고 물었다.

다만 나는 아주 소수에게만 개구진 모습을 보인다. 가족이나 애인 정도만 알고 있는 나의 성정인 것이다. 그러나 조금 어렸을 땐 다수에게도 그것을 보이곤 했다. 어느 날 문득 교실에서 창작 치어리딩을 선보이곤 했던 것이다. 중학교에 들어가서는 종종 짓궂은 일을 벌였다. 일주일간 명상을 하고 산행을 하던 MT에서 지루한 일상을 참을 수 없던 나는 친구들을 골려먹기로 했다. 나와 한 배를 타기로 한 친구들과 먼저 방으로 들어가 방문을 걸어 잠갔다. 그 후 베개로 서로를 때리며 큰 소리로 욕하고 화내는 연기를 했다. 방 밖의 친구들은 깜빡 속아 방문을 두들기며 싸움을 말렸다.

시간이 지나고 세상의 많은 깜짝 카메라/몰래 카메라가 상대를 무안하게 하고 원치 않는 이를 억지로 코미디에 합류시키는 방식인 것 같아, 보는 것도 직접 하는 것도 그만두었지만 종종 사람을 놀라게 하고 싶은 마음은 감출 수 없었다.

현재는 초중생 시절과 달리 아무 곳에서나 나대지 않는다. 오랜 세월에 걸쳐 눈치를 보게 되었기 때문이다. 나는 늘 사람을 웃기는 TV 프로그램을 좋아했다. 다만 어려서는 코미디 프로그램을 접하는 것이 지금처럼 쉽지 않았다. 나의 가정이 한 번도 케이블 TV를 설치해본 적이 없어 더 그랬다. 나는 공중파 방송에서 해주는 〈개그 콘서트〉와 〈폭소클럽〉을 열심히 챙겨 보았다. 코미디 프로그램이 방출되는 중에는 가정의 룰들이 잠시 중단되었다. 엄마는 부모로서의 역할을 잠시 내려두고 보다 관대한 사람이 되었다.

어렸을 적엔 엄마 몰래 아빠와 종종 밤늦게 라면을 먹곤 했다. 엄마가 자는 동안 아빠가 조용히 라면을 끓이면 나는 내 방에 신문지와 파김치를 세팅했다. 우리는 침대 옆 바닥에 냄비를 내려놓고 최대한 덜 후루룩대며 라면을 먹었다. 그러나 〈개그 콘서트〉가 방영되는 동안에는 밤늦게 라면을 먹어도, 잠을 좀 늦게 자도 혼나지 않았다. 엄마는 늘 코미디엔 관심이 없다고 말하면서도 한번 보기 시작하면 배꼽을 잡고 웃는 사람이었다. 가끔씩은 엄마가 무엇 때문에 그렇게 크게 웃는지 혹은 길게 웃는지 알 수 없었다. 그녀의 웃음은 전염성이 정말 세서 가족 모두를 깔깔대게 만들었다. 만약 내게 가족과의 가장 행복했던 순간을 꼽으라고 한다면 단연 그 시간을 꼽을 것이다.

〈개그 콘서트〉가 내 가정의 룰을 허문 것처럼, 코미디는 인간관계의 벽을 자주 허물었다. 어색한 분위기 속 누군가 용기 내어 도박을 걸면 얼음장 같은 분위기가 자주 부서지지 않는가. 코미디언들과 일상 속 코미디언들은 광대가 되기를 서슴지 않으면서, 타인에게 기쁨을 주는 동시에, 자신의 입지를 높였다. 나는 웃기는 것으로 유명한 친구들을 일평생 동경했다.

침대에 등을 붙이고 있는 동안에도 웃긴 동영상을 수시로 찾아 봤다. 침대 생활이 가져다준 지루함은 그 크기가 아주 커서 웃을 수 있는 기회를 최대한으로 확보해야 했다. 침대에 누워 깔깔대고 웃다 보면 불현듯 기분이 묘해지기도 했다. 세상의 많은 농담이 옳고 그른 것을 자주 헷갈리게 했기 때문이다.

그 웃음거리들을 보며 나의 몸과 아픔 또한 웃음거리로 만들고 싶었다. 그것은 내 몸을 더 이상 숨기지 않는 것으로부터 시작될 것이었다. 체력이 부족한 모습, 밥을 새처럼 먹는 모습, 침대에 붙어 있는 몸, 납작한 가슴 같은 것들을 과감하게 보이는 것이다.

혹여 위와 같은 이유로 내게 슬픔만 보내는 이가 있다면 말릴 것이다. 나는 나를 헷갈리게 하던 숱한 코미디를 본받아 웃음으로 얼음장을 깨고 싶다. 자잘한 잽을, 가끔은 강력한 훅을 날리고 싶다.

무디

고양이를 입양했다. 주변 인물들은 놀란 눈치였다. 내가 동물을 키울 생각이 전혀 없다고 자주 말했기 때문이다. 동물과는 말이 통하지 않기 때문에 그들에게 쉽게 실수할 것 같았다. 고양이는 특히나 예측 불가능한 동물의 대표였다. 나는 대부분의 삶 속에서 돌봄을 받는 대상이었고 돌보는 주체가 되어본 경험은 그리 많지 않았다.

나는 현재 고양이에게 무조건의 돌봄을 행하는 중이다. 사람을 돌보는 것보다 조건이 중요하지 않은 것은 동물에게 보상 심리가 크게 작동하지 않기 때문인 것 같다.

고양이가 훗날 거나하게 밥을 한 턱 쏘거나 종종 설거지를 해줄 일은 없을 것이다. 무조건의 돌봄과 사랑은 상대에 대한 기대감이 지나치게 크지 않을 때 가능한 것인지도 몰랐다.

고양이에 관한 동영상이 인기를 끌기 시작하면서 고양이 자체에 대한 인식도 많이 바뀐 듯했다. 나의 부모 세대는 길고양이를 도둑고양이라 부르거나 고양이들에 영물, 요물 같은 단어를 붙였다. 내가 어렸을 적엔 길고양이들과 눈을 마주치면 죽는다는 소문이 있었고 때문에 고양이를 보면 서둘러 눈을 피하곤 했다. 반면 요즘 시대의 고양이는 그 이미지를 탈피하고 귀엽고 재미난 동물이 되었다. 나는 고양이 동영상의 애청자가 되었고 친구 집을 방문할 때 만나는 고양이들을 흡족하게 쓰다듬었다. 그런 경험이 잦아지자 나도 고양이를 곁에 두고 그 귀여움을 바라보고 싶었다. 보드라운 털을 만지고 싶었다.

수시로 유기묘 보호센터의 웹사이트를 들락거렸다. 그

러나 그저 나의 유희를 위해 고양이를 데려온다는 것에 영 죄책감이 들었다. S는 내게 유기묘를 데려와 보살피는 것은 그들이 안락사당할 위기에 처하는 것보다 훨씬 나은 일이라고 자신의 의견을 피력했다. 서로에게 윈-윈인 딜이라는 것이다. 그럼에도 나는 자신이 없었다. 여전히 그들과 말이 통하지 않는다는 것이 문제였다.

한참의 시간을 고민하다 유기묘를 보호하고 있는 동물 병원을 찾았다. 웹사이트에는 꽤 여러 마리의 유기묘 사진이 올라와 있었는데 막상 방문하니 모두가 입양을 가고 한 마리만 남은 상태였다. 그 고양이는 얼굴엔 작은 얼룩이 있고 흰 털이 등을 가득 덮다가 꼬리에 와서 다시 얼룩이 있는 고양이였다. 대여섯 마리의 개들이 각자의 케이지에서 신나게 짖고 있는 동안 고양이는 자신의 케이지 구석에서 한쪽 다리를 뻗고 엎드린 채 큰 미동을 보이지 않았다.

그 고양이는 앞쪽 다리가 부러진 채 뼈가 붙은 상태였다. 수의사는 장애 탓에 입양이 잘 되지 않는다고 말했다. 만약 앞다리를 고치기 위해 너무 큰 비용의 수술비가 든다면 나도 입양을 망설였을 것이다. 그런데 수의사가 이미 수술은 불가능한 상태이며 절뚝거리는 것 외에는 큰 문제가 없을 것이라고 말했다. 안심이 되는 마음을 숨길 수 없었다. 집으로 돌아가 하루 종일 고민한 뒤 다음 날 입양을 진행했다.

나와 S가 그 고양이에 붙인 이름은 무디Moody였다. '무디'는 감정기복이 크거나 서글퍼 보인다는 뜻으로 우리가 주로 우울할 때 쓰는 말버릇이었고 그 고양이의 생김새는 인간의 미감으로 보았을 때 정말 서글퍼 보였다. 흰 눈썹이 눈 위를 꽤 덮고 있어 그렇게 보였던 것 같다. 무디라는 말은 한국어 중 '~에 무디다'라는 말을 떠올리게 했고 나는 그 고양이가 고통에 무디게 살아주길 바라는 마음에 그 이름을 확정했다.

무디는 5개월령의 어린 고양이였다. 어린 무디는 걸을 때 다리를 절뚝이면서도 뛸 때 활동성이 아주 좋았다. 벽이나 선반에 얼굴을 부딪히면서도 재빠르게 뛰고 점프를 했다. 밤중에는 자신의 배변통 안에서 꼬리를 잡으며 빙글 빙글 돌거나 똥을 장난감 삼아 놀았다. 아침에 일어나면 작은 똥 부스러기들이 바닥에 한두 개씩 떨어져 있었다.

무디는 호기심이 정말 많았고 따라서 놀이의 천재였다. 어느 날은 무디에게 장난감을 만들어주려고 폼폼이라 불리는 장식용 자재를 사왔다. 그 자재는 앵두처럼 동그랗고 작은 모양이었다. 폼폼 몇 개를 나도 모르게 바닥에 떨어트렸고 그것을 발견한 무디가 축구를 하듯 발로 차며 두 시간을 놀았다. 어느 날엔 폼폼을 입으로 물어 신발이나 물그릇에 빠트렸다가 손으로 확 낚아채는 놀이를 익혀 그것에 한참 몰두하기도 했다.

무디는 정말로 무딘 편인지 놀이뿐 아니라 먹고 싸는 것도 잘했다. 사료를 바꿔도 순식간에 밥그릇을 비웠고 모래를 바꿔도 용변을 잘도 보았다. 무디가 내게 무언가를 보상해줄 의도가 없었더라도 아주 많은 보상을 받고 있다. 무디 덕에 하루 한 번 이상은 웃게 되었고 자주 다투던 S와 더 친밀해지기도 했다. S와 나는 무디와의 일화를 과시하듯 나열하곤 했다. "오늘 무디가 나한테 한 발로 꾹꾹이 했어.""무디 하루 종일 내 가랑이 사이에서 잤어."
우리는 길을 걸으며 마주치는 것들을 보며 "무디!"하고
소리치기도 했다. 어설프고 귀여운 모양새의 뻥튀기, 두
부, 무 같은 것들이었다.

무기력할 틈도 줄었다. 무디가 배변이 아주 원활하고
식탐이 강하며 놀이에 대한 욕구도 아주 강하기 때문이
다. 나는 자주 몸을 일으켜 대소변을 치우고 세 차례에 걸
쳐 사료를 나누어 주며 땀이 나도록 고양이와 논다. 일방
의 돌봄이 자연스레 쌍방의 돌봄이 되어가고 있다.

무디를 만난 지 얼마 안 됐을 땐 걱정했던 대로 무엇을
원하는지 잘 알 수 없었다. 마다하는 것이 별로 없었고 울
음소리도 거의 내지 않았기 때문이다. 그러나 무디는 빠
른 속도로 변화했고 의사 표현이 점점 확실해졌다. 심심
하면 낚싯대 장난감을 물고와 야옹야옹 울기 시작했고 내
가 집에 돌아와 현관문을 열면 토닥여달라며 엉덩이를 들
이밀었다. 나는 그 변화가 놀라웠다. 몸만 커지는 게 아니
라 사람과 살아가는 방법을 빠르게 배워가고 있었다.

그럼에도 여전히 고양이는 내게 예측 불가능한 존재다. 장애물을 피해 걷는 것의 고수이면서 왜 내가 아끼는 도자기 컵은 깨트렸는지, 갑자기 왜 온 집안을 미친 듯이 뛰어다니는지, 부를 땐 절대 오지 않더니 어느새 왜 가슴팍에 달라붙어 있는지 궁금했다. 그런데 생각했던 것과 달리 모르는 것에서 오는 즐거움이 있었다. 무디는 매번 나를 기대하게 만들었다. 몸보다 한참 작은 상자에 들어가려 애쓰거나 밥그릇에 꼬리를 넣어두고 꾸벅꾸벅 조는 모습은 정말 웃겼다. 무디를 보는 일은 종종 슬랩스틱 코미디를 보는 것과도 같았다.

매일 무디를 오래 들여다본다. 깜찍함에 목이 메어오는 것 같다가도 종종 이상한 기분이 든다. 생김새가 아주 낯설게 느껴지는 것이다. 나는 사람을 오래 들여다볼 때도 비슷한 기분을 가진다. 예닐곱 살 무렵 엄마의 얼굴을 뚫어지게 바라보다 그 감정을 처음 겪었다. 그 낯섦은 엄마의 눈을 바라보는 데에서부터 시작되었다. 피부로 뒤덮인 얼굴 속 안구가 이질적으로 느껴졌다. 곧 그 안구를 따로 떼어 구체적으로 상상했고 그 곁의 뼈나 혈액도 함께 상상했다. 엄마에게서 책에서 보았던 해골의 이미지가 보였다. 그 순간 그녀는 더 이상 내가 알던 사람이 아니었다. 처음 보는 사람을 보는 것처럼 기분이 이상했다. 그것은 컴퓨터로 고해상도의 사진을 끝까지 확대한 후 결국 픽셀을 확인하는 순간과 비슷했다. 익숙한 것들은 종종 낯설어졌고 그 낯섦은 신비감과 공포를 선사했다. 하지만 무디의 익숙함과 귀여움은 크기가 아주 커서 그 사실을 자주 잊고는 했다.

두 개의 공간

한국의 초중고생 540만 명이 온라인 개학을 했다. 나
도 했다. 다만 학생이 아닌 글쓰기 교사로서 개학을 맞이
했다. 서울시가 지원하는 대안 교육장의 학교였다. 코로
나 바이러스의 여파로 학생들은 전 학기 내내 자택에서
수업을 받게 되었다. 개인적으로는 달가운 일이었다. 이
동이 몸의 피로도를 크게 높였기 때문이다. 이 시리즈를
막 쓰기 시작하던 때, 나는 침대에 누워 이렇게 썼다. '침
대 위에서의 낭독회나 파티, 배달이 가능한 전시는 불가
능한 것일까?'

그 실현에 대단한 테크놀로지가 필요한 것은 아니었다. 다수의 수요가 필요할 뿐이었다. 세계적으로 사회적 거리 두기 대책이 시행되면서 각종 예술 분야의 콘텐츠가 온라인 플랫폼으로 제공 공간을 이동했다. 필하모닉 오케스트라가 디지털 콘서트홀을 열었고 전 세계의 다양한 미술관이 온라인 전시를 시작했다. 레이디 가가와 셀린 디온, 존 레전드가 #TogetherAtHome투게더앳홈이라는 해시태그를 달고 각자의 집에서 콘서트를 열기도 했다.

1930년생의 영화감독 장 뤽 고다르가 인스타그램 라이브를 진행하던 모습은 조금 충격적이었다. 필름으로 영화를 찍던 1960년대, 영화 역사에 한 획을 그은 장본인이 시가를 문 채 내 휴대폰 안에서 하트를 받고 있었다. 문득 엄마가 생각났다. 그녀는 초가집에서 태어나 마을에 한 대 있는 전화기를 사용하러 남의 집에 가던 시대와 29층의 신식 아파트에서 스마트폰으로 매일 한 단어씩 영어 공부하는 시대를 모두 살고 있다.

코로나 시대의 모든 온라인 행보가 내게 그리 놀랍지

않은 것은 내가 디지털 네이티브에 가까운 세대일 뿐 아니라 근 몇 년간 테크놀로지가 아주 빠르게 가속화되어 왔고 재난 상황을 통해 그 속력이 더 높아졌기 때문일 것이다. 그러나 곰곰이 생각해보니 불과 5년 전 고모가 카카오톡을 통해 온라인 예배를 드리는 모습에 적잖이 놀랐던 경험이 있다. 물론 오래전부터 종교 채널을 통해 설교 방송이 송출되고 있었지만 교인들이 카카오톡에 동시 접속해 기도를 올리는 모습이 생소했다.

2월, 신천지로부터 코로나 바이러스가 급속도로 퍼지자 각지에서 밀접 집회를 제한하는 행정 명령이 내려졌다. 그 지침을 어기고 현장 예배를 하는 교회들이 다수 있었지만, 대부분의 교회 그리고 우리 집 근처의 아주 작은 교회들도 온라인 예배를 시행했다. 멀고도 가까운 나라 미국 역시 온라인 예배는 물론 드라이브 스루 고해성사, 주차장 예배 등이 진행되고 있다는 소식을 기사를 통해 접했다.

재난 상황이 닥치자 사회 전반의 활동이 온라인 공간

으로 서둘러 이동되었으나 그 결과는 허술한 모양이었다. 특히 온라인 개학과 개강에 관한 지적이 쏟아졌다. 대학생들은 오래된 **PPT**를 재탕하는 교수를 원망하며 등록금을 아까워했다. 가르치는 사람이나 배우는 사람이 온라인 플랫폼을 어려워하거나 방귀나 트림, 동물 소리가 모두의 스피커로 크게 출력돼 수업의 흐름이 끊기는 일도 자주 발생했다.

최소 열 명 이상이 접속하는 대부분의 초중고 수업이나 대학 강의와는 달리 나의 글쓰기 분반은 여섯 명이 접속해 오디오가 크게 겹칠 일이 없었다. 그럼에도 학생들은 자신의 이야기가 끝나면 숨을 죽이듯 음소거 버튼을 눌렀다. 고양이 화장실이 있는 베란다에서 수업을 하고 있던 나는 불현듯 고양이와 나, 오직 단둘뿐인 기분이 들었다. 오프라인 수업이면 들려오던 수긍의 소리나 그 반대의 소리, 필기하는 소리, 몰래 하품하거나 물을 삼키는 소리, 자신의 글이 부끄러워 연신 내쉬던 한숨 소리가 들리지 않았다. 나는 그 일상적 소음들이 듣고 싶었다.

몸이 심각하게 아프지 않던 시절, 대학 과제로 대학의 미래에 관한 짧은 글을 제출했다. 교육이 온라인 공간으로 이동하는 것에 심각한 우려를 표하는 글이었다. 대면하지 않는다는 것은 서로의 얼굴에 침을 튀기며 쌓아가는 협동의 가능성을 낮춘다고 생각했다. 나의 중고등학교는 맨발로 눈밭을 걷고 매년 국토 순례를 떠나고 단옷날이면 다 함께 줄다리기나 씨름을 하던 곳이었다. 나는 그 시절에 온라인 공간에선 실현할 수 없는, 협동적이고 역동적인 몸의 중요성을 배웠다. 내가 수업을 진행하고 있는 대안 학교가 개학하며 폐강된 과목들도 그와 관련이 있었다. 춤, 합주, 요가와 같이 주로 여럿이 몸을 사용하는 과목들이 없어진 것이다.

대학의 미래에 관해 다뤘던 주제 중 하나는 미디어 접근권에 관한 것이었다. 테크놀로지와 미디어 정보에 대한 접근성은 평등하지 않다. 음식점의 무인 주문 기계 앞에서 밥 한 그릇 달라며 무턱대고 소리치거나 아무것도 주문하지 못해 돌아가는 노인들을 여러 번 봤다. 전 세계 가구의 60퍼센트가 인터넷을 이용한다는 2019년의 리서치 결과도 봤다. 대단히 높은 수치였지만 나머지 40퍼센트는 인터넷을 이용하지 않거나 할 수 없다는 뜻이기도 했다. 한국의 갑작스런 온라인 개학에 학부모들은 가슴을 졸였다. 컴퓨터나 태블릿이 없어 걱정이라는 게시글이 각종 '맘카페'에 이어졌다. 한국의 교육부는 발 빠른 대처를 보였다. '스마트 기기 대여 제도'를 도입한 것이다. 그러나 어느 외국인 가정이나 복지 시설의 학생은 대여를 받지 못했다.

내가 수년간 아프지 않았더라면 지금의 상황을 도저히 받아들이기 어려웠을 것이다. 그러나 이제는 깨닫는다. 우리에겐 돌이킬 수 없는 두 개의 공간이 있다는 사실을. 그리고 목격한다. 온라인 공간이 야기할 어떤 혁명의 씨앗과 수많은 구멍을.

집에서 온라인 수업을 준비하다 보면 종종 내 중고생 시절의 한 후배가 떠오른다. 소아마비를 가지고 있던 그녀는 다소 과격했던 학교의 커리큘럼을 견딜 수 없어 자퇴했다.

코로나 바이러스는 대규모의 사회적 실험을 하게 만들었다. 그 실험에는 아주 많은 레이어가 있다. 감염병 그 자체도 있고 경제도 있고 테크놀로지도 있고 사랑도 있고 그 밖에 다른 것들도 아주 많았다. 나는 그 셀 수 없이 많은 레이어 중에서도 등이나 엉덩이를 곧잘 뗄 수 없는 몸에 대해 생각했다. 동시에 몸과 몸이 만나는 공간에 대해서도 생각했다.

중앙방역 대책본부가 브리핑한 것처럼 '코로나19 이전의 세상은 다시 오지 않는다.' 우리 세대에게는 두 개의 공간을 짊어질 행운과 책임이 있다. 나는 먼저 '침대 위에서의 낭독회'를 시작할 것이다. 참여자들이 잠옷 바람이어도, 문장을 몇 줄 읽을 수 없어도, 반려견이 짖어도 계속되는 그런 낭독회를.

반복

S와 처음으로 겨울을 함께 맞이하던 어느 날이었다. 그가 불쑥 카뮈의 글이 들어 있는 어떤 문장을 문자 메시지로 보냈다.

"In the midst of winter, I found there was, within me, an invincible summer. And that makes me happy. For it says that no matter how hard the world pushes against me, within me, there's something stronger ─ something better, pushing right back."

(깊은 겨울 속에서 나는 마침내 내 안에 무적의 여름이 존재한다는 사실을 깨달았다. 세상이 얼마나 거칠게 나를 짓누르든지 간에, 내 안에는 곧바로 받아치는, 더 강하고 더 선한 무언가가 있다.)

나는 S와 작가에게 무한한 감동을 느끼며 답했다.

"정말 좋아. 겨울은 나에게 늘 싸워야 할 대상처럼 여겨져."

S가 답했다.

"기억해 너 그 말한 거. 너 안에도 분명 강력한 여름이 있어. 그게 너의 겨울을 처치할 거야."

끝없는 여름이 아니더라도, 한국에는 여름이 오고 있다. 날이 더워지니 겨우내 붙어 있던 진득한 우울감이 현저히 줄었다. 그것은 내게 있어 어쩌면 당연한 일이다. 여름이 오면 햇볕 덕에 통증이 줄고 통증이 줄면 각종 제안을 거절하지 않게 되고 제안을 수락하니 경제적 여유가 생기고 여유가 생기니 외출이 잦아지고 외출이 잦아지니 소비가 늘어나는 것이다.

여름이 오자 풀, 꽃과 함께 겨울잠을 자던 변온동물이 깨어나듯 그렇게 살아나고 있다. 피로와 슬픔이 줄어드니 사는 게 훨씬 더 쉬워졌다. 침대에서 몸을 일으키는 것도 걷는 것도 읽는 것도 쓰는 것도 전에 비하면 어렵지 않다. S가 수도 없이 꺼내는 짓궂은 농담에도 더 이상 그를 째려보지 않고 그냥 웃게 되었다. 그는 내가 말로 하는 스파링을 즐기게 된 것 같다고 말했다.

S는 류가 그랬던 것처럼 나의 전환을 크게 실감했다. 내게 아주 다른 사람이 된 것 같다고 말했다. 류와 S, 부모님까지 가까운 사람들의 비슷한 증언이 두 해에 걸쳐 반복되자 내게 패턴이 있다는 사실을 인정할 수밖에 없었다. 그것을 인정하자 지난해 류의 당황스러운 모습을 목격했던 것처럼 크게 허무해졌다. 많은 일이 순항을 겪고 많은 글이 재빠르게 읽히는 것이 그저 병증의 일부, '팽만한 자신감' 탓인지 헷갈렸다. 다만 이번 여름엔 지난여름처럼 나의 전환에 그리 크게 당황하지 않았다.

나는 가족과 류 등 주변 인물들에게 전화를 돌려 나의

기복에 대해 조사했다. 곧바로 신경정신과의 의사를 방문하기도 했다. 의사는 크게 염려하지 않았고 내가 먹고 있는 약이 이미 그 기복을 조절하고 있다고 말했다.

더운 날씨가 통증을 줄인 것은 맞지만 하루에 일이 너무 많거나 술에 취하는 날이면 여전히 몸이 아프다. 아무리 자신감이 솟구치고 세상 모든 것에 호기심이 생겨도 몸이 그것을 자제시킨다. 불행 중 다행인지, 다행 중 불행인지 모르겠다.

일과 술에 된통 당해 통증에 잠을 이루지 못하던 날, 고통스러운 꿈을 꾸었다. 누군가 '인생은 목숨이 하나가 아니라 무한대인 게임 같다'고 말했던 날이었다. 깨어 있는지 자고 있는지 그 경계가 모호한 수면 상태에서 짧은 꿈을 반복해 꾸었다. 꿈인지 현실인지 분간이 어려웠지만 공중 부양을 하며 허공을 가를 때 이것이 꿈이라는 것을 알아차렸다.

꿈마다 공황 장애와도 같은 극도의 불안 상태를 겪었다. 그리고 이 불안이 수차례 반복되자 나는 꿈속에서 깨달았다. 아, 나는 목숨이 무한대인 게임에 들어왔구나. 죽어서도 죽을 수 없다는 것이 이렇게도 두렵구나. 분명 죽었음을 알고 있으면서도 모든 것이 만져지는 게 이상하고 답답했다.

나는 그것이 억울했는지 살아 있는 친구를 붙잡고 하소연을 했다. 불만을 표출하면서도 죽음에 대한 불안을 부추기는 것 같아 양심의 가책을 느꼈다. 결국 죽음 속에서 영원히 죽을 수 있는 해방을 느끼며 잠에서 완전히 깨어났다. 에어컨에서 나오는 바람이 방 안을 차갑게 감싸고 있었다.

꿈을 꾸고 나니 불안감이 반복되던 겨울의 감각이 떠올랐고 금세 두려워졌다. 겨울은 내게 통증이 늘고 따라서 일을 하지 못해 돈이 없으며 부끄러움이 많아져 사람을 만나지 않게 되는 계절이다. 한 친구는 여름에 바짝 벌어 겨울철 더운 나라로 떠나라는 조언을 주었고 한 친구는 나처럼 겨울에 취약한 사람에겐 난방비가 지원되어야 한다고 말했다. 여름과 겨울의 낙차를 염려하던 나는 앞으로도 주변인의 이야기를 자주 들어야겠다고 다짐했다.

나는 침대에서 일어나 전화를 돌렸던 이들에게 다시 연락을 취해, 나의 변화가 지나치게 크게 감지되면 꼭 말해달라고 부탁했다. 객관적인 시선은 주변인이나 사회가 나를 구성원으로서 허용하느냐 마느냐의 문제이기도 했다. 나의 낙차는 나뿐만 아니라 타인을 괴롭히기도 했기 때문이다.

겨울엔 누군가의 도움 없이 도저히 살아갈 힘이 없었다. 그렇다고 해서 도움을 주는 주변인들에게 비용을 줄 수도 없는 노릇이었다. 서로가 꾸준한 합의를 해나간다면 좋은 결론을 얻을 수도 있을 것이다. 다만 사람은 꾸준히 혹은 영원히 아픈 몸을 지니고 살아갈 수 있다.

S의 말대로, 내 안에 강력한 여름이 존재하고 있을까? 반복되는 겨울을 잘 견디는 방법에 대해 깊은 고민이 이어졌다.

섬

대학에 입학한 지 얼마 되지 않았을 때 대학 동기가 나의 이미지를 묘사한 적이 있다. 외딴 섬에서 소젖을 짜며 지낼 법한 모습이라고 했다. 그땐 어떤 카테고리에도 들어가고 싶지 않아 그 이미지를 전면 부정하고 싶었다. 그런데 이젠 남들이 보는 내 인상을 굳이 교체하고 싶지 않다. 어떤 모습을 보고 그런 인상을 가졌는지 궁금할 뿐이다. 결국 나는 대학 동기의 말대로 섬에 살 듯 내 동네를 잘 벗어나지 않게 되었다.

처음엔 집에만 붙어 있는 것이 자주 분하고 속상했다.

쓰레기나 토사물 따위로 더럽고, 스피커가 찢어질 듯 소음을 발산하는 내 동네를 좋아하는 게 그리 쉬운 일은 아니었다. 하지만 오랜 시간을 지내다 보니 자연스레 정이 붙었다.

얼마 전 식사를 해결하려 시장에 갔다. 집과 가까운 시장은 아무리 자주 찾아도 늘 새로운 품목이 눈에 띄었다. 계절에 따라 과일과 채소들의 종류가 바뀌었고 해산물의 종류도 바뀌었다. 그에 따라 한국식이나 중국식 반찬 종류도 조금씩 달라졌다. 시장은 높은 가림막이 천장을 덮고 있었지만 가게의 대부분이 문이 없어 실내도 야외도 아닌 것처럼 보였다.

시장은 가끔씩 내가 아는 공간 중 가장 혼란스럽고 복잡한 곳 같았다. '물고기 나라'라는 간판을 단 가게에서는 애완 물고기와 햄스터, 알록달록한 새들을 팔았다. 각종 어항과 그 안에 들어갈 소품도 있었다. 그런데 가게 문 앞에서는 뜬금없이 게르마늄 팔찌와 원자석 팔찌를, 동시에 다시마채와 미역을 팔았다. 반면 견과류만 팔거나 닭강정만 파는 아주 단순한 가게들도 있었다. 최근에는 배추만 파는 곳을 발견했다. 그곳에서는 내 손바닥만 한 배추도 팔고 내 머리통 두 배만 한 배추도 팔았다. 가게에는 크기 별로 나뉜 배추들과 따로 떼어놓은, 시든 배춧잎들이 잔 뜩 쌓여 있었다.

내가 그날 식사를 한 곳은 홍어 무침과 각종 부침개로 늘 사람이 붐비는 곳이었다. 반접시 5,000원의 홍어 무침과 3,000원의 빈대떡을 시켰다. 가게의 상인은 철판 위에서 지글거리는 빈대떡을 바쁘게 뒤집으며 동시에 계산을 했다. 이른 낮에도 홀로 막걸리를 마시는 이들이 많았다. 곧 작은 플라스틱 식탁 위로 음식이 올라왔고 나는 두툼한 빈대떡에 빨간 홍어를 얹어 먹었다. 사람이 많은 곳에서 등받이 없이 오랫동안 음식을 먹는 것이 그리 힘들지 않았다. 음식을 다 먹고 간단히 장을 보는데 킥보드를 탄 아이가 등장했다. 분홍색 킥보드의 전면부에는 경찰차 사이렌과 같은 불빛이 반짝이고 있었다. 그 아이는 바람을 가르며 시장의 상인들에게 인사를 했다. 안녕하세요!

니하오! 상인들은 각자의 언어로 화답했다.

야채와 과일, 가지고 놀 뽕망치를 하나 산 뒤 자주 가는 놀이터 벤치에 앉아 쉬었다. 놀이터는 나의 작은 섬 속에서 가장 좋아하는 공간이었다. 그곳엔 아주 정적인 것과 아주 동적인 것이 늘 함께였다. 벤치에 앉아 양 어깨를 주무르며 통증 없는 삶이 기억나지 않음을 알았다. 죽을 때까지 그런 삶은 살 수 없을지도 몰랐다. 많은 사람이 질병을 가지게 된 것은 큰 선물을 받은 것일 수 있다고 했다. 이전과 다른 몸을 살며 새로운 기회가 열린 것은 분명했다. 하지만 덜 아픈 삶을 살 수 있었다면 선물이고 뭐고 한 치의 망설임도 없이 덜 아픈 삶을 선택했을 것이다.

만성 통증이 생긴 후 약 3년째에 아픈 몸에 맞추어 유동적인 삶을 살기로 결정했다. 안정적이지 않은 삶은 불안감을 주지만 적어도 질병을 가진 상태를 버리는 시간이라 여기며 나중을 위해 삶을 유예하는 일을 멈췄다. 그것들을 생각할 여유가 생긴 건 통증이 점점 나아졌기 때문인지도 모른다. 몸이 너무 아플 땐 그저 불행하기만 했다.

4년간 아픈 몸으로 살며 나름대로 터득한 노하우들이 있다. 그것은 먼저 내 몸을 잘 관찰하는 데에서부터 시작되었다. 지난여름에는 '쉬엄쉬엄이라는 말이 점점 싫어졌'으며 '아프지 않을 때를 빠르게 누리고 싶었'지만 이제는 분명 쉴 땐 쉬어야 함을 알게 되었다. 밤을 새지 않도록 주의하면서 같은 시간에 약을 먹도록 노력하고 있다. 하고 싶은 것들이 머릿속을 떠나지 않을 땐 우선 메모로 그것을 대신한다. 시간과 거리를 두고 보면 걸러야 할 것들이 보였기 때문이다.

벤치에 앉아 노인들과 아이들을 바라보았다. 어떤 노인은 어떤 미동도 없이 벤치에 한참을 앉아 있었고 어떤 노인은 운동기구 위에서 하염없이 허리를 돌리고 있었다. 종종 묘기를 부리는 노인도 있었다. 높은 철봉에 매달려 다리를 위 아래로 빠르게 움직이는 묘기였다. 시소와 그네, 미끄럼틀을 이용하는 아이들은 높은 톤으로 끊임없이 웃음을 터뜨렸다. 가끔씩 축구공이 벤치 쪽으로 날아오

면 누구든 손이나 발로 아이들에게 공을 건네주었다. 어
떤 아이는 자꾸만 고무 바닥 위로 넘어지고는 했다. 아이
는 수시로 몸을 일으켜 다시 미끄럼틀을 타러 갔다. 내 곁
의 검은 비닐봉지에 담긴 오이 냄새가 콧속을 간지럽혔
다. 벤치 위로 쏟아지는 뜨거운 햇볕은 내 온몸을 찜질 중
이었다.